WARRIORS

貓戰士

部族誕生

五部曲之IV

熾烈之星

The Blazing Star

晨星出版

特別感謝基立・鮑德卓

給瑞貝塔

斑皮—體型嬌小的玳瑁色母貓，金色眼睛
碎冰—灰白色公貓，綠色眼睛
雲點—黑色長毛公貓，白色耳朵，白色胸毛，還有兩隻白色腳爪
風奔—瘦長結實的棕色母貓，黃色眼睛
金雀毛—精瘦的灰色母虎斑貓
雷霆—薑黃色公貓，琥珀色眼睛，白色大腳爪
閃電尾—黑色公貓
橡毛—紅棕色母貓

（小貓）
梟眼—灰色公貓
礫心—公虎斑貓，胸前有白色斑點
麻雀毛—玳瑁色母貓
晨鬚—瘦小的母貓
蛾飛—綠色眼睛的母貓
塵鼻—灰色公貓

高影的營地

首領—河波—銀色長毛公貓。

（戰士）—（公貓，以及沒有年幼子女的母貓）
夜兒—黑色母貓
露珠—毛髮髒亂，滿身疥癬的公貓

（惡棍貓）
冬青—皮毛如針倒豎的母貓
鼠耳—耳朵像老鼠般小的公貓
泥掌—有四個黑腳掌的公貓
星花—金色母貓，綠色眼睛
一眼—一隻眼睛瞎了，毛髮纏結，長疥癬的公貓

陣營成員

高山貓

部落巫師—尖石巫師

（尖石預言者）半月—有著綠色眼睛的白色老母貓。

靜雨—灰色花斑母貓

露葉—玳瑁色母貓

雪兔—白色老母貓

清天的營地

首領—清天—淺灰色公貓，藍色眼睛。

（戰士）—（公貓，以及沒有年幼子女的母貓）

落羽—年輕的白色母貓

葉青—黑白色公貓

花瓣—體型嬌小的黃色母虎斑貓，綠色眼睛

快水—灰白色母貓

蕁麻—灰色公貓

阿蛇—褐色公虎斑貓

荊棘—毛髮豐厚的短毛灰色母貓，淡藍色眼睛

（小貓）

白樺—褐白相間公貓

白樺—紅棕色母貓

雷霆—灰白相間母貓

高影的營地

首領—高影—毛髮豐厚的黑色母貓，綠色眼睛。

（戰士）—（公貓，以及沒有年幼子女的母貓）

灰翅—毛色光亮的暗灰色公貓，金色眼睛

鋸峰—體型較小的灰色公虎斑貓，藍色眼睛

獵場
轟雷路
清天營地

新狩
高岩
轟雷路
高影營地
四喬木
瀑布
河波營地
河流

序章

灰翅蜷在坑地的頂部，族貓熟睡的鼾聲微弱，幾乎要聽不見了。月亮又大又白的光圈籠罩夜空，在高地的草地上投射冰霜寒光。

微風徐拂，吹皺灰翅身上的毛。他眼皮變得沉重，張嘴打了一個大大的呵欠。

他坐在水濂洞裡。一瀉千里的瀑布在月光下閃爍，銀色微粒在洞穴內壁和地面旋繞。**我回到山洞了！**他暗忖道。**上次離開已是好幾個月前的事！**

遠處的洞壁旁有些動靜，吸引灰翅的目光。尖石巫師——也就是部落巫師，正走向洞底通往她寢室的那條隧道。她年事已高，走起路來步履蹣跚，不但骨瘦如柴，而且毛髮稀疏。**她好老啊**，灰翅暗忖。**我已數不清她見過幾個季節了。**

灰翅環顧四周，看見母親靜雨蜷在她睡覺的小坑，其餘的族貓也熟睡著。**那是露葉……哦，她生小貓了！一共有三隻，看起來身強體壯。雪兔在那兒。她講的故事最動聽了。**

灰翅好奇心作祟。他雖住在洞裡，卻從沒進過巫師的寢室。**既然我在做夢**，他靈光乍現。**或許跟蹤她，也不會被她發現。**於是他起身，跟在她的身後。

然而，灰翅抵達隧道口時，尖石巫師已經消失。他只能看見彼端盡頭散發的微弱銀光。他無視皮毛宛若針扎，悄悄溜進暗道，步向微光。

等到了隧道盡頭，灰翅更加謹慎。他躡手躡腳地前進，把腦袋探進尖石巫師的洞口。他往裡張望，洞內奇景看得他想倒抽一口氣，卻又不得不隱忍下來。

這個洞比部落住的要小。月光從高處鋸齒狀的洞口流洩而下，洞裡的一切都浸濡在寒光中。尖石巫師背對灰翅，坐著仰望洞口。

一根根尖突的鐘乳石從洞頂往下蔓延，還有更多的石筍從地面向上聳立。好幾根於中間相連，形成石柱，看上去部落巫師彷彿坐在一片石林當中。水滴從鐘乳石涓滴而下、泛起漣漪，於月光下閃爍，在地面匯聚成潭。

灰翅心神嚮往，悄悄走進洞裡，像在跟蹤獵物似地靜靜走向尖石巫師。他很肯定自己沒發出半點聲音，但就在他想溜走之際，尖石巫師伸出腳掌要他止步。灰翅驚慌地發出嚎叫。

這是一場夢，他對自己說。**尖石巫師怎麼知道我在這裡？**

「你為什麼要跟蹤我？」尖石巫師問道。她語氣平和，但是沒有回望灰翅。

他攤平耳朵，感到既驚懼又尷尬，不知該如何回應。「我沒有惡意，」他自我辯駁。「我……呃……我只是想……」他講話的聲音愈來愈小，並抬頭凝視尖石巫師，鼓起勇氣，準備接受嚴厲的責難。

尖石巫師長嘆一聲，把腳往回收。「是我邀你，你才來的，」她喵聲，話裡透露無限的智慧。「是我讓你跟來的，是我召喚你來的。」

灰翅大為驚愕，每根毛髮都如針扎般刺痛，他用爪子抓耙那充滿溼氣的堅硬地板。「妳辦得到？」他輕聲問。「即使我住那麼遠？」

尖石巫師這才看他一眼。「你的心有一部分永遠屬於這裡。」

灰翅知道她說的是事實。儘管山居生活寒冷艱苦，他有時仍會嚮往聲如雷動的瀑布，和天空映襯下峰峰相連的祟山峻嶺。**我也依舊懷念當初拋下的那些貓……尤其是靜雨。**

「那為什麼——」他準備問話。

「安靜。」尖石巫師喵道。

她顫抖的鬍鬚指向正在銀亮月光下織網的蜘蛛。灰翅發現有幾隻蒼蠅黏在蜘蛛網邊緣；蜘蛛慢慢向牠們爬過去，閃爍的蜘蛛絲隨著她的動作微顫。

灰翅按捺笑聲。**牠很快就要變成一隻大蜘「豬」了。**

沒想到尖石巫師突然一躍而起，伸利爪劃過蜘蛛網，將它撕成碎片。灰翅見蜘蛛筆直墜地，不由得倒抽一口氣。但牠隨即射出一縷蜘蛛絲，不再往下墜跌，反而緩緩爬到地面。家毀了，牠也一溜煙跑走了。

「妳幹嘛這樣？」灰翅瞪著尖石巫師問道。

巫師迎上他的目光。「這不重要，」她喵道：「蜘蛛做了什麼？」

這個問題真蠢，灰翅暗想。**但我又不能對尖石巫師直說！**「嗯，蜘蛛救了自己一命。」他答道。

「對，沒錯，」尖石巫師同意。「那牠接下來會怎麼做？」

這是怎麼回事？灰翅反問自己，開始有點惱怒了。**我又不是剛出生的小貓，要成年**

貓教我怎麼梳毛！他先深吸一口氣，然後說：「牠會再織一張網。」

「正確，」尖石巫師喵聲說：「身段要放軟，才能淬鍊智慧、活得長壽。在不久後的未來，你也得把身段放得這麼軟。為了自己，也為其他貓，你一定要堅強。你已從經驗中學到生活不易，而往後的日子將更加艱困。」

恐懼從灰翅的耳朵竄到尾尖。他感到詫異且苦惱，哼了一聲鼻息。「可不可以多說一點？」他問道：「說得具體一點？」

尖石巫師語調轉為柔和，同情地點了個頭。「灰翅，我無權安排你的未來。我只能為你指點迷津。你必須自己做決定，而且一定要堅強——比以往更堅強。」

她的目光掃向灰翅背後。灰翅轉頭，順著她的視線望去，彷彿可以直通隧道，看見彼端仍在坑裡熟睡的母親靜雨。這一幕激起他心底的沉痛。**我拋下她、離開山區，已是好久以前的事了。上回輕撫她柔軟的皮毛，也是好久以前的事了。**

「做一番大成就，讓母親以你為榮吧，」尖石巫師指示他：「記得你是誰，又來自何方。我跟你說這麼多，是因為我知道你的心志堅強、足以承受。灰翅，偉大的天命正在等候你和你的盟友——不過，機會稍縱即逝……」

第一章

「是時候埋葬亡者了。」高影宣布。

這隻黑色母貓的話把雷霆的注意力拉回周遭的死亡與荒蕪。在月光的照耀下，只見四喬木的枝葉下盡是一塊塊正在乾涸的血泊，以及一簇簇被扯掉的貓毛。貓兒側躺在慘遭蹂躪的草地，睜著雙眼，凝結的表情流露出痛苦或驚恐。使他們生死搏鬥般的那股怒氣，已如晨光下的迷霧散去。如今每隻貓看起來都很脆弱，生者如此，死者亦然。

雷霆從眼角發現有某種生物在拍動黑翅，轉頭一望，看見有隻烏鴉飛落在一根低矮的枝頭。牠那發亮的小眼珠貪婪地在貓屍身上來回游移。一陣寒意從雷霆的耳朵穿過尾尖，他豎起毛髮。

高影說得對。不該把陣亡的貓留在這裡當食腐動物的餐點，更何況他們歷經浴血奮戰，犧牲自己寶貴的生命。

他感覺胸口心臟的位置，被一顆沉重而溼潤的岩石取代——不知怎的，他恍然大悟，先前所有的點點滴滴，沒有一樣不是這場惡仗的導火線。**無論是誰試圖力挽狂瀾，**都**阻止不了**悲劇的發生。群貓爭鋒相對，尖牙與利齒交鋒——都是為了爭奪領土。鮮血濺灑樹皮的影像在他眼底閃過。貓靈曾現身在他們面前，告誡他們千萬不能再吵下去。

雷霆暗忖：**我也想啊，但我們要如何化干戈為玉帛？**

雷霆試圖在屍橫遍野中尋找意義，但這宛如在濃霧中盲目抓耙。**如今我們全都體悟**

為了領土劍拔弩張，只會帶來死亡和毀滅、痛苦與哀慟。雷霆想知道今天戰死沙場的同胞，是否一定要犧牲性命才能換得大家的痛悔領悟。

「亡者太多了，」雷霆邊說邊移動腳步，小心翼翼地在屍首間穿行，走到高影身邊。「要怎麼保護這些屍體？」

高影伸出一隻前腳，若有所思地探出利爪。「既然它濺灑鮮血，」她答覆。「就該讓它撥亂反正。」

撥亂反正？雷霆陷入沉思，百思不得其解。雖然他明白母貓的意思，但她的字字句句都像利刃將他刺穿，痛得他難以承受。**要怎樣才能撥亂反正？**

「無論要花多久時間，」高影繼續往下說：「我們都要在地上掘一個洞，大到能安葬所有陣亡的同胞。生，他們四分五裂；死，應當團結一致。」

高影的用字遣詞教雷霆聽了每根毛髮都豎起。**團結！這正是貓靈在戰役尾聲告誡我們的話。不團結就只有滅亡。**「沒錯，我們確實該這麼做。」他以沙啞的嗓音附和。

灰翅、風奔和河波也圍上來，低聲表示贊同。

「不過每隻貓都需要費很大的力。」灰翅提醒他們。

「那我們就費盡全力，」高影堅持道。「只有土地才能保護我們陣亡的族貓，不受烏鴉和狐狸侵犯。」

她和其他貓開始在地上耙洞。雷霆發現他的父親清天默默站在兩隻狐狸身長的距離外，似乎不願跨步向前幫忙。

雷霆踱步走向他，這才想起不久前他和父親在沙場上拚得你死我活。看到兒子靠近，清天垂著頭，靛藍的眼眸寫滿深深的愧疚。「都是我害的，」他用粗嘎的嗓音說，彷彿正在按捺嚎啕大哭的衝動。「是我的憤怒造成這一團混亂，我的憤怒把這些貓兒帶來戰場，害得他們死無全屍。死了這麼多貓……」他輕聲補了一句。

回憶湧上雷霆心頭：他還是小貓時，清天第一次拒他於家門之外，使得父子倆長久疏離，後來雷霆試著和父親在森林定居，卻又發現他的處世態度嚴苛、凡事絕不寬貸；父子倆再起爭執，雷霆察覺他和父親道不同，不相為謀，最後一次和他分道揚鑣。

儘管父子反目成仇，雷霆的悲憫之心還是油然而生。「來吧，」他鼓勵父親。「讓我們從犧牲自己生命的族貓身上學會撥亂反正。」

既然清天沒有抗議，雷霆便領著他走向其他貓，只見大夥兒已開始在四喬木的樹蔭下掘洞。眾貓在地上又抓又耙的同時，沒有一隻開口說話；這個洞也愈掘愈大。

打完仗精疲力竭的雷霆，腳爪因耙土愈耙愈黑，四肢開始感到疼痛，累到連視線都變得模糊。但他強迫自己繼續耙。烏鴉淒厲的叫聲在頭頂的某處迴盪，他聽了更加緊速度耙土。

最後，高影起身，抖落黏在腳爪上的泥土。「洞應該夠大了，」她喘著氣說：「現在把亡友的屍體搬過來吧。」

多數貓隻兩兩一組，用嘴巴銜著死貓，把他們鬆軟且了無生氣的屍體拖來墓穴。可是，雷霆發現自己落單了，獨自站在鷹衝的屍首旁。血塊在她虎斑花紋的橘毛上凝結，她的喉頭開了一道駭人的裂口。

一想起被父親逐出森林，灰翅第一次帶他回坑地，鷹衝是怎麼無微不至地照料他，雷霆就感覺心頭有利爪在抓耙。他的視線掃過林間空地，落在清天身上，肩膀上的毛隨之倒豎；他正走向雨掃花的屍體，兩軍開戰沒多久，這隻母貓的性命就被清天奪走。

他們從小就相識的欸，雷霆想到這裡，反感便襲上心頭。

然後，他聽見父親的嗓音，那是撕心裂肺的低聲沉吟：「我很抱歉。」清天是真心替他死去的朋友哀悼。

這種內疚對他造成的傷痛，要比任何貓伸利爪割的還要深刻。

雷霆一顆心依舊沉在胸口，他垂著頭，用嘴銜住鷹衝的頸背。她身上的毛覆滿了屍臭味，他得咬緊牙關才不退縮。生命已從體內流逝的她，變得癱軟沉重。難怪別的貓都兩兩一組，雷霆一邊想，一邊把她拽到墓穴。

他沒走幾步就感覺一簇黑毛閃現。他轉過頭，只見閃電尾和他的妹妹橡毛在他身後徘徊。

「請讓我們幫忙。」閃電尾說。

雷霆點點頭，讓這兩隻青年貓為母親下葬是天經地義的事。

這隻黑色公貓緊咬鷹衝的尾巴，但牙齒一碰到她虎斑花紋的橘毛，碧綠的雙眸便寫滿哀傷。橡毛用肩膀撐起母親的腹部。在這對姊弟的協助下，鷹衝的屍體突然變輕了；不消幾次心跳的時間，雷霆、閃電尾和橡毛就把她搬到墓穴邊。

雷霆剛費了好大的勁，現在退後一步，不停地喘氣。閃電尾和橡毛站在他們母親的屍首前，低著頭、垂著肩。兄妹倆互換了一個悲痛欲絕的眼神，把鼻子壓到地面，將鷹衝推進墓穴。他們在最後一刻閉著眼，彷彿無法承受親眼看見她滾落洞裡，撲通一聲落在其他屍體上。

「這是我度過最悲慘的一天。」這帶著喘氣聲的刺耳嗓音把雷霆嚇了一跳，他猛一轉頭，發現灰翅在他身後。灰翅的背後是幾株尚餘幾片殘葉的枯木，雷霆的視線穿過枯木，望向高地的輪廓，在霜寒的天際下光禿而荒涼。

「以後我們會否極泰來的。」灰色公貓說。

雷霆抬頭挺胸，出於本能地引以為傲。**灰翅說得沒錯**，他堅決地認為。**這麼慘痛的經驗，我們絕對不會再讓它發生**。

「鷹衝，我永遠都不會忘記妳的。」閃電尾在墓穴邊說，他的嗓音因哀傷而顫抖。

「我也不會，」橡毛接著說：「我們都會非常想妳。」

聽到兄妹倆的告別，其他貓兒也聚到洞口，俯視他們陣亡的朋友。

碎冰蹲在墓穴邊，目光緊盯他的朋友寒鴉哭。「以後再也沒辦法一起挖隧道了，」他悲痛到嗓音都變得粗嘎。「少了你，從此坑地再也不一樣了。」

「但是你們沒有白白犧牲，」雲點補充道。他站得離碎冰很近，近到毛皮都彼此摩擦。「誰也沒有枉死。我們保證，會從這慘烈的一天記取教訓。」

更多貓覆述他說的話，揚起嗓音，悲痛哀號。「我們保證！我們保證！」

哀號聲漸漸散去，雷霆也從墓穴邊離開，然後發現自己與高影並肩而行。步伐像是被無形的東西所牽引，河波與風奔也追了上來。

才過兩下心跳的時間，清天便不情願地拖著腳步靠近。他鎖定目光，彷彿正在凝望某個遙不可及的東西，視線穿透其他貓隻，但是眼神任誰也捉摸不透。他在離另外四隻貓稍有距離的地方止步，只見他們四位正站成一排，面向其餘的生還者。

雷霆暗忖道：**我們看起來像在守墓。**

雖然清天與雷霆和其他貓保持距離，灰翅還是一瘸一拐地走向同胞兄長，在他身旁坐下。

「大家聽我說！」高影吼道，她犀利的目光掃過縮成一團、難過得肝腸寸斷的貓兒。「我們絕對不能重蹈覆轍。我們應該聽貓靈星群的話，聆聽他們捎來的警訊。從今以後，我們應當攜手同心、和平共處，等到下次滿月回到這片林間空地，聽取貓靈更多的訊息。」

「說得好！」清天的嗓音顫抖微弱。「起碼有貓為我們指點迷津。」

這時雷霆恍然大悟，一如燦爛的陽光照耀水面。

「這就是為什麼你防護心一直這麼強，對我們一直懷有敵意！」灰翅面向哥哥，眼神充滿了憐憫。「一直以來，你肩上扛的擔子實在太重了。你試著做對的事，但對自己要求太嚴苛了。」

清天羞愧地別過頭去。「我很抱歉……」

這是長久以來，雷霆頭一次感覺自己萌生希望。**如今清天終於要接受貓靈的指引了，那麼或許……**想到這裡，他搖搖頭。**不管怎麼樣，我都不信有什麼事是值得這些貓喪命的。**

高影高聲地清了清喉嚨，打斷他的思緒。「請容我把話講完……」她頓了一下，見其他貓低頭默許，才繼續往下講。「我要大家承諾以後相互尊重。再也不准為領土或獵物爭鬥。發生了這麼多事，我們每位都需要時間平復。我深信需要幫助的貓應獲得援助，無論他是誰，又選擇在哪裡定居。各位贊同嗎？」

高影發表完便望向灰翅，灰翅又旋即將目光掃向雷霆。

「我的這位晚輩已在戰役中證明自己的能力，」灰翅說：「高影，像這樣的關鍵時刻，妳應當徵詢他的意見。」

高影一臉不解。「雷霆？」

「沒錯，」灰翅點頭答覆。「我得思索一下過去發生了什麼事，未來又會是怎樣的面貌。雷霆應該和妳、清天以及河波一樣，取得領袖的正當地位。」

焦慮在雷霆心裡掀起一陣風暴。灰翅在他心目中一直是父親的角色。如今這番話聽起來怎麼像是他要刻意疏遠？灰翅蹲了下來，彷彿悲不自勝，又好似病體虛弱。

雷霆知道這不是表現勉強或是推辭謙讓的時候，於是轉身面向高影。**這些貓兒現在需要我。**

「贊成，任何貓只要有困難，我們都該挺身而出。」他答覆。

風奔喵的一聲表示贊同，河波也點了個頭：「我會盡我所能幫助每一隻貓。」他的回覆令雷霆大吃一驚，因為嗓音裡蘊含著深刻的情感。這是河波頭一次真情流露，一反以往事不關己、鎮定從容的形象。**其實他和今天陣亡的貓，沒有一隻熟稔，**想到這裡，雷霆大受感動。

他面向父親。「清天，你同意嗎？」

清天再度凝視遠方，盯著某個只有他看得見的東西。聽見雷霆的聲音，他略為吃驚。「對——對，我同意。」他說。

雷霆希望他的父親能對其他貓的決定做更明確的表態，但他告訴自己：清天八成是為今晚慘烈的戰事大受震撼。

就和我們大家一樣。

第二章

「那麼，是時候回家了，」高影宣布。「要回森林，還是高地上的坑地，每隻貓可以自由選擇。」

「我不屬於雙方陣營，」河波打個岔。「不過誰想跟我回島上的家，我都歡迎。」

雷霆望著眾貓來回踱步，大夥兒神色依舊不安。他們漸漸分為兩派，一派圍著高影、風奔和雷霆，另一派則以清天為首。

橡毛正往以清天為首的貓群移動，雷霆看到這一幕，嚇得毛髮倒豎。他往前踏出一步，但還沒來得及做其他反應，閃電尾已跑來他身旁，一雙凝視妹妹的碧眼瞪得老大。

「她該不會打算離開我們吧？」他驚呼道。

橡毛一定是聽見他說的話，或是發現這兩隻公貓在注意她，所以走到他倆面前。「我不確定自己是不是想回坑地，」她一面說，一面充滿歉意地眨眨眼。「發生了這麼多事，我一直心心念念要見鷹衝和寒鴉哭的……」她的聲音愈來愈小，最後哽咽地說不出話。

她說話的同時，清天從圍繞他的那群貓中走到他們那頭。「我很樂意帶橡毛回森林，」他表明立場。「如果這是她的心願的話。」

橡毛悶不吭聲，只是默默盯著地面。雷霆心頭一怔，發覺事實就是這樣不盡人意，離開正是她的心願。**那我也無能為力了。大家都說好要和平共處。況且，**他對自己多說一句：**高影說得沒錯，每隻貓都有權選擇自己想在哪裡生活。**

他深吸一口氣。這再次應證了以後一切都將不復從前。

但閃電尾顯然無法接受。「妳怎麼可以離開我？」他斥責同胞妹妹。

「我不會走太遠的。」橡毛用尾巴拂掠哥哥的肩膀。「森林離這裡很近。你要跟我走嗎？」她滿懷期待地望著他。

閃電尾猶豫了一秒，張嘴似乎想要答話，最後卻別過目光，彷彿找不到適切的詞彙，最後只是哀傷地搖搖頭。

朋友忠誠的決定令雷霆感到無限溫暖、情感澎湃。他走向閃電尾，用口鼻輕輕磨蹭這隻青年貓的脅腹。「橡毛說得對，」他說。「她不會走得太遠。如果真要說戰爭能證明什麼，那會是——我們不該有敵我之分，而該將大夥兒視為一體，分為兩派的大團體。」

閃電尾心領神會地點點頭，但他還是愁眉不展。

這也不能怪他，雷霆暗忖。**未來我一定要好好照顧他。**

兩派人馬漸行漸遠，一派朝向高地，一派準備爬坡進入森林。只有河波不為所動。雷霆面向他，臉上浮現探詢的表情，他抽動耳朵回應。

「看樣子你們已經消弭分歧了，這點我很高興。」銀毛公貓開口說。

他的話讓雷霆聽在耳裡、刺在心頭，彷彿有另一隻貓在樹林間呼喚他。他想起以往在矮樹叢裡追捕獵物，感覺多麼自在，不禁沉吟：**我在森林裡總是更逍遙。**他看得出來其他貓好像也在思索河波的話。**不過，我似乎暫時屬於高地。灰翅和閃電尾都需要我的照料。**

雷霆點了點頭，客氣地向河波道別，然後走向高影和風奔。清天向他們靠近，眼底盡是困窘。

「那我們就暫時分別了，」他尷尬地說。「不過，只要你們想來森林，我隨時歡迎。我保證邊界不會再設守衛站崗了。」

高影僵硬地點了個頭，回應他釋出的善意。「下次滿月時，我們重回這裡聚首，」她宣布。「再看看大家的進展如何。」

清天咕噥地贊同，返回以他為首的陣營，帶領族貓爬上斜坡，步入林蔭。雷霆目送他們離開，直到最後一隻貓的尾尖消失在矮樹叢中。

「走吧，」高影喵了一聲，嗖地甩了一下尾巴召喚同陣營的貓。「回家了。」

但那裡還有家的感覺嗎？雷霆難過地沉吟：**這麼多夥伴都不在了？**

他帶領族貓向高地前進。儘管每隻貓都做出和平宣誓，他仍舊感到心神不寧。他們或許已和清天的陣營言歸於好，但他還是忍不住要擔心，不曉得對方什麼時候會翻臉。

破曉的曙光灑進枝葉，他們愈接近森林邊緣，陽光就愈加耀眼。他們步履艱難地在蕨類植物間穿行，繞過有刺灌木，一瘸一拐，行進緩慢，肉體的傷口和心靈的哀痛令他們身心俱疲。灰翅每次呼吸都會發出氣喘聲。

雷霆心想，**萬一現在遭遇攻擊，我們肯定會成為人家的盤中飧。**他擔心鮮血的味道會引來掠食者。

他的恐懼彷彿成真，距離幾步遠的矮樹叢此刻居然窸窣作響。他止步不前，揚起尾巴要族貓也停下來。他嚐了嚐空氣，想知道盤踞前方的究竟是何方神聖。他沒聞到狐狸或獾的氣味，但看蟄伏於樹叢的生物，體型之大不可能是獵物。

「是誰？」雷霆裝出雄壯威武的聲音喊道。「快現身！」

過了一會兒，只見三隻貓兒從冬青灌木底下鑽出來。他們看起來體型精瘦，餓得半死不活，依稀有一股臭味飄送而來。他們壓低尾巴，緊張得毛髮倒豎。

雷霆的目光在站在他面前的三隻貓身上遊移，陌生貓兒看上去既畏縮又挑釁。其中兩隻是公貓，一隻有淡褐色的毛髮和四個黑色腳掌；另一隻是身材魁梧，但耳朵小得異常的虎斑貓。而母貓的毛髮濃密，如針一般倒豎。雷霆稍微放鬆了。即使他們現在傷兵累累，這個可憐兮兮的組合也應該構不成太大威脅。

母貓率先向前跨步。「我們目睹了那場激戰，也聽見你們戰後的宣誓，」她直視雷霆的雙眸說：「不曉得你們的陣營能不能再多接納三隻貓？」

高影走向前，往雷霆身邊一站。「算你們聰明，沒加入那場混戰。不過，你們到底是誰？」她問道。

「我叫冬青，」母貓答覆。「他們是泥掌跟鼠耳。」

虎斑公貓低著頭，一副靦腆逗趣的模樣。「猜猜看，我們為什麼叫這些名字？」他問道。

雷霆被他們友善的語氣說服，不由自主地回話。「泥掌很好猜，」他說：「他的四個腳掌各有一圈黑毛，活像穿過爛泥田似的。」

閃電尾好奇地繞著魁梧的虎斑貓轉。「你叫做鼠耳，一定是因為你的耳朵長得跟老鼠一樣小。」最後閃電尾做出結論。

「什麼？」鼠耳面向閃電尾，嘴唇後翻，打算開始嚎叫。閃電尾繃緊神經，像是準備迎戰。

雷霆向前邁出一步，但冬青舉起尾巴攔住他。「沒事的，」她安撫他。「鼠耳雖然長相有如大惡霸，但在堅硬的外表下卻有顆柔軟的心。」

「跟妳相反！」鼠耳回嘴，從閃電尾面前退開。

冬青脊椎一僵，脖子的毛開始倒豎。

雷霆開心地**喵喵**笑。「我懂了！冬青！妳跟剛才藏身的灌木叢一樣滿是針刺。我猜得沒錯吧？」

泥掌和鼠耳互換一個頑皮的眼神，冬青則氣鼓鼓地用前爪耙地。「也許吧……」她坦承道，同時瞪了兩位朋友一眼。

太陽高升，晨光穿透樹葉，雷霆感覺疲憊感如浪潮襲捲而來。他必須回坑地睡個好覺。**一連睡好幾天**。

「你們為什麼想加入？」高影問這三隻陌生貓。「你們自己也說聽見戰爭中的叫喊與哭號。那你們沒看見我們負傷在身嗎？加入我們的話，日子不會輕鬆，可能還得要幫忙照顧傷患。」

三隻貓互換眼色。接著鼠耳跨步向前。「對，我們目睹了昨夜的激戰，看見你們受了多少苦難。但為什麼這就表示我們不想和你們共組家園？你們英勇抗戰，令我們相當敬佩。」

想到居然有目擊者見證惡戰的慘況，雷霆羞愧得毛皮都像在灼燒。他覺得自己一點也不英勇。

「我們覺得你們都很勇敢，」鼠耳繼續說：「我們想要定居高地，但是三隻貓勢單力薄，力有未逮。如果你們願意敞開大門，應該也能從中受惠。任何貓我都有辦法擊退，有次我甚至打敗了一隻獾呢！至於冬青，她的判斷力精準，能判別誰該相信、誰該懷疑。」

「沒錯，」冬青打了個岔。「如果你跟我一樣難以討好，自然就能預知在沒把握的時候，該相信哪一隻貓。至於泥掌，他是追蹤高手。那四個腳掌能讓他飛天遁地、暢行無阻，和貓靈一樣來無影去無蹤。」

「貓靈？」高影用爪子耙了一下地，詢問對方：「什麼意思？」

鼠耳一臉困惑。「這只是一種比喻啦！」他解釋道。「才沒有貓靈住在這兒呢。不然也太詭異了吧。」他假裝打個寒顫，以此做結尾。

雷霆刻意不和高影四目相交。**原來這幾隻貓沒有目睹昨晚發生的每一件事。他們沒看見貓靈。**

疲憊有如烏雲朝他滾滾而來。他唯一想做的就是蜷在窩裡。他聽見同伴們交頭接耳表達贊成，也看見幾位點頭同意。「那就來吧，」他對三隻陌生貓說：「與我們同行。」

他一揮尾，示意族貓繼續前行。他四肢痠痛，每走一步路都是煎熬，就這樣領著新成員橫越高地走向坑地。

第三章

灰翅站在四喬木向外蔓生的枝葉下，目光緊盯覆蓋戰亡同胞屍體的泥土地。事發至今將近一個月，但他還是能聽到反抗的哀嚎和痛苦的尖叫，彷彿那些令人不寒而慄的掙扎仍未休止。鮮血的味道仍卡在他的喉頭，彷彿他被誰抓去重溫這場浩劫。土地已恢復原本的面貌，就連這片光禿禿的土壤竟也重新長出青草。

以後誰也不知道有貓葬生於此，他哀思道。**但我永遠也忘不了。我也會讓其他貓記住那些陣亡的貓……還有龜尾。她不該在兩腳獸的地盤孤伶伶地死去。**

灰翅慢慢打理自己，舔舔前腳又縮回耳朵旁。他的傷口已經癒合，呼吸也幾乎恢復正常，可是他知道什麼都抹滅不了他心裡的傷疤。

「很多都變了，」他高聲嘆息：「心理和身體都是。」

灰翅覺得他連帶餓貓到獵物堆前的能力都喪失了，更別提為全體貓族承擔責任。他很清楚，有些夥伴會樂見他重掌領袖大權，但他根本沒做這樣的打算。**除非有龜尾支持**，他在內心嘆息。

灰翅豎耳聆聽，因為身後傳來接近他的腳步聲。他不用轉頭就知道有隻貓走來，往他身旁一坐。

「我從沒想過自己會目擊那樣屍橫遍野的慘況。」灰翅認出那是獨行貓河波的聲音。「這是戰後我第一次回到這裡。」

灰翅點頭示意，黑暗的記憶威脅要將他打倒。往事歷歷在目，想當初他和夥伴從山區啟程，滿懷希望要找個安居的家。一趟旅程竟然害這麼多貓兒送命，這樣沉痛的覺悟不禁令他打了個哆嗦。龜尾、亮川、月影，還有雨掃花、鷹衝、落羽、寒鴉哭——如今都不在了。

「等到下個綠葉季，」河波用平和的語氣繼續往下說：「這個墓穴將會覆滿野花。你不應該日復一日的不斷回來。」

綠葉季……灰翅一時之間被搞糊塗了。**啊，那是惡棍貓給暖季取的名字。**近來高山貓和他們的後裔也開始沿用這些名稱。灰翅抽動一下鬍鬚。「你怎麼知道我的行蹤？」他問道。「你不是說今天以前都沒回來過？」

河波輕笑一聲。「哦，灰翅，有些事你怎麼老學不會？我雖然是獨行貓，但是懂的可不比任何貓來得少。你們做什麼、去哪裡，我都瞭若指掌。」灰翅感覺有尾尖輕碰他肩膀一下。

「別再折磨自己了，」河波接著說：「在這裡流連忘返對你沒有益處。回到愛你的貓身邊吧。」

灰翅感覺自己喉頭緊縮，他試著開口，聲音卻變得溼潤又刺耳。「想到他們孤伶伶的，我就受不了。」

「但他們不是孤伶伶的，」河波對他說。「難道你沒在貓靈中看見他們？他們的靈魂沒被埋在地底，而是和繁星一同運行。」他輕推灰翅一下。「別發愁了——你以為你的老朋友會在這裡徘徊，成天等你上門拜訪啊？不可能嘛。你要為活著的貓著想……現在需要你的是**他們**。」

灰翅轉頭面向河波，明白他說得對。他內心平復下來。「謝謝你這麼好心，」他邊說邊與這隻銀毛公貓互碰鼻頭。「你真的不要來坑地跟我們一起住？」

河波搖搖頭。「謝謝，但還是不了。」

「好吧，」灰翅喵了一聲。「那我們在四喬木會合時，你也會來吧？」

「當然會來，」河波答覆。「我太好奇了，非來不可。不過這段期間，要是我再逮到你跑來這裡，就要你把下次獵來的食物雙手奉上！」

灰翅縱身一躍，穿過樹林，奔向坑地，藉此作為回應。「那你得先逮到我！」他朝背後喊道。

✦✦✦

灰翅抵達坑地邊緣，只見雷霆在彼端，靠近高影站崗的岩石。鼠耳和泥掌也和他在一起。

灰翅走近一看，這才發現雷霆正在教前任惡棍貓運用兔子洞狩獵。「像這樣跳出來！」他一面教，一面示範，先是蜷伏在地，接著後腿一蹬，縱身跳得好遠。

灰翅當個旁觀者，此情此景觸動了他當年訓練雷霆、外加橡毛和閃電尾的回憶。**我**

還是不敢相信橡毛竟然跑去跟清天住了，灰翅哀思。他強迫自己回想快樂的往事，回憶更早以前的練習——雷霆小時候曾被他又大又白的腳掌絆倒。

現在可沒這麼呆囉。

灰翅心滿意足地喵嗚了一聲。雷霆已脫胎換骨，成為一隻了不起的貓。**他大有長進。現在我可以退位，安心把族貓交給他了。**

這時傳來一陣蹦蹦跳跳的腳步聲，灰翅抽離思緒，只見麻雀毛和梟眼匆匆經過他的身邊，爭先恐後地要加入培訓課。

「喂，要守規矩！」雷霆嚴厲地對跑來摻合的小貓們說。

麻雀毛直衝到鼠耳的腳邊，他驚愕地俯視她，劈頭就罵：「小矮子，不要碰我的腳！」

年輕的母貓兩眼神采奕奕，跳開之前在鼠耳的腿後側輕咬一口，故意逗他玩。鼠耳一聲咆哮，伸掌要撲打她，但手掌只拂過她的毛，利爪也沒出鞘。

「討人厭的毛球！」他嘀咕道。

雷霆翻了個白眼。「這是培訓課，不是摔角比賽。」他一面訓斥，一面狠狠瞪了麻雀毛一眼。「給我專心!再飛撲一次給我看。看到那邊那塊石頭了沒?假裝它是隻老鼠！」他認可地觀看這幾隻貓蹲伏下來，然後躍向假想的獵物。

「哦，少發牢騷了，跳就是了!你會覺得自己根本沒長腳！」

有個嘲弄的嗓音打斷培訓課，把灰翅嚇了一跳。聲音源自坑地外緣，而他一度聽不出說話的貓是誰。他心頭有點不安，所以又爬上斜坡。

灰翅眺望營區的另一頭，發現鋸峰正在爬附近一株歪扭的荊棘樹。爬到一半的他死命貼著樹枝，腳爪深深插進樹皮，憂慮地瞪大雙眼。

冬青站在小溝壑的彼岸，溝壑經大雨襲擊已成了一條小溪。她奸笑著抬頭看鋸峰。

「快點啦！」她再三催促。「跳就對了！我才不要在這裡站一整個早上聽你抱怨。」

灰翅連忙趕去，感覺自己心跳加速，肩膀的毛髮倒豎。**冬青在幹嘛？鋸峰沒辦法跳那麼遠的！**

「說得簡單！」鋸峰向母貓回嘴。「剛剛妳還不是抱怨連連，不願分享獵物！」

灰翅停下腳步，驚覗弟弟跳下枝頭，輕鬆躍過溝壑，砰地一聲在冬青旁邊著陸。

「妳看，我辦到了，」他一臉得意地對她說。「開心了吧？」

灰翅的身後傳來一陣憋笑聲，他轉頭看見雲點正向他走來。

「這一點都不好笑！」灰翅厲聲說。「新來的那隻惡棍貓故意找鋸峰麻煩。該找誰訓她一頓……」他話愈說愈小聲，因為他發現雲點眼底閃爍逗趣的光芒。

「別多管閒事，」雲點勸他。「我才不相信你真以為是這麼回事。況且，鋸峰有辦法照顧自己啦。」

他行嗎？灰翅問自己。自從弟弟跌落枝頭受傷，他一直以為鋸峰無法照顧自己。**這樣是不是對他有偏見？**

灰翅讓冬青和鋸峰繼續進行他們的獨門鍛鍊，自個兒調頭回坑地，到雷霆和其他貓兒持續練習突襲的地方。但是灰翅還沒走到那頭，礫心已步出家門，加快腳步，趕到他身邊。

這隻虎斑公貓從小就展現醫術天賦，有時候就算沒人教，他也懂得該怎麼治病，實在不可思議。他還會做奇怪的夢，一想起礫心說他夢到群貓驚叫連連，彼此張牙舞爪，灰翅就毛骨悚然，因為後來預言成真，掀起了腥風血雨的戰爭。

自從龜尾死後，灰翅便察覺礫心的內心深處起了變化。他的思慮好像變得更深沉、更專注。戰後他幫忙照顧傷患，展現無比的耐心和超齡的權威。灰翅有個預感：這隻小公貓腳掌雖小，未來注定會邁開大步，有一番斐然的成就。

一股暖流湧上灰翅的胸口，而這一次和他的氣喘問題無關。**為了這三隻小貓，我保證會當個稱職的父親。為了他們，我會盡力做到最好。**

「最近還有沒有夢到什麼？」他問礫心。

「沒……」礫心遲疑地答覆。

然而，灰翅很肯定他的繼子語帶保留。哀傷與憤懣在他心裡交織。**真要找他信賴的對象，我肯定是首選吧？**但他念頭一轉，提醒自己等時機成熟，礫心自然會對他吐露祕密。一直窮追猛打，對誰都不會有好處。

灰翅安慰自己，他允許雷霆尋找適合他自己的路。**現在看看他——已經當上青年貓和惡棍貓的老師了。無論從哪方面看，他都有領袖的風範！**

「就這樣，繼續練。」雷霆吩咐其他貓兒自行練習，然後走向灰翅。「你外出的時候，有沒有看到清天或其他貓？」他問道。

「只有看到河波。」灰翅答覆。

大戰過後，高地貓偶爾會遇見清天和他的追隨者。他們客氣地交談幾句，甚至還會共享獵物，然後分道揚鑣。教人如釋重負的是，領土邊界不再有重兵看守，但灰翅仍舊希翼雙方的關係可以更為融洽。相敬如賓雖然很不錯了，但離當初大夥兒一同下山建立的深厚友誼還差得遠。

「不久又要到四喬木集會了，」雷霆繼續往下說：「你覺得貓靈還會現身嗎？」

「不曉得欸。」灰翅沉思片刻，然後補充道：「但是大家都說好要在下次滿月見面，看看彼此進展如何，所以無論貓靈會不會現身，我們都要出席。不團結就只有滅亡：這是我們立下的誓言。」

第四章

滿月的寒光湧洩在四喬木上。樹葉在徐徐吹拂的微風中窸窣作響，在巨石上投射斑紋的光影。

樹底下的林間空地因群貓聚集而生氣盎然。灰翅注意到橡毛迫不及待地向前躍，用鼻頭磨蹭閃電尾，而閃電尾也撒嬌似地不斷舔她耳朵。附近的斑皮和快水互觸鼻頭，然後坐下來長談。灰翅無意間聽到碎冰和花瓣的談話片段。

「……你跟其他傢伙一樣只會對兔子窮追不捨，」這隻黃色虎斑母貓心情愉快地說。「幹嘛不學暗中追蹤？」

「那妳為什麼不學跑步？」碎冰回嘴，又友善地輕輕推她。

灰翅凝視這幅景象，心中燃起一線希望。「這些貓大多從上回滿月兩方交戰起就沒見到彼此，」他對分別站在他兩旁的雷霆和高影低語。「看看他們相處這麼融洽！或許和平真的不是曇花一現。」

高影眨眨眼，看雲點和葉青並肩而坐，近得毛皮相互拂掠。「或許最慘的日子已經過了。」她表示同意。

「我們可以開始規劃未來了。」雷霆打個岔。

清天走來加入他們。見到哥哥一派輕鬆、態度友善，灰翅放下心中的大石。**這麼久以來，他在乎的只有捍衛領土。幾個月前，他甚至不肯和我分享獵物。但如今我們都從陣亡的朋友身上學到教訓。**

「見到你真好，」清天向高地貓們點頭問候。他的視線掃過交融的團體，然後補了一句：「依你們看，貓靈會不會滿意我們的表現？」

「希望會，」灰翅答覆。「我們沒犯什麼錯。但是……話說回來，事情好像還沒個了結。」他沒辦法更深入解釋他感受到的空虛。**論團結，光是停止干戈應該不夠吧？**

交頭接耳的談話聲漸漸散去，群貓對黑暗的天空引頸期盼。但他們看到的只有繁星點點和一輪冷月。

要是貓靈不來怎麼辦？灰翅開始不知所措。

這時，待在坑地旁邊的一小群貓嘀咕聲此起彼落，害他緊張到胃痙攣。**拜託，別又打起來了！**

然後，這群貓散了開來，河波從中穿行，走向灰翅。他梳理整潔的毛皮在月光下閃耀銀光。

「歡迎，」灰翅打聲招呼，心裡樂得很。「你要知道，我沒吃的可以分你。」

河波點了個頭，兩眼閃現幽默的微光。「我說什麼也不願錯過這場聚會，」他喵喵叫。「我還記得上回貓靈現身，你們大家有多驚恐。」

「但是看樣子他們今晚是不會顯靈了。」風奔哀怨地呢喃。

「應該會，」河波胸有成竹地回覆。「再等等吧。」

他的話宛如暗號，一團迷霧從地面升起，捎來落葉季將至般的寒意。迷霧繞著等待的貓打轉，一路往上升，籠罩四棵參天的橡木，最後遮蔽星月。

灰翅發現自己站在銀灰雲霧之中，烏雲密布到就連旁邊站了誰他都看不出。附近傳來緊張的貓叫聲，他自己也為按捺恐懼而毛髮倒豎。

後來，雲霧開始退散，灰翅終於可以辨認同伴的形體，一個朦朧的光圈環繞整片林間空地，將大夥兒圍在其中。等最後的迷霧散去，他才發現光芒來自貓靈，祂們像是活在世上那樣坐成一圈。

灰翅得不斷眨眼，才能直視發光的貓靈；即使如此，他還是一眼就認出祂們，啟程下山後死去的貓：亮川、蔭苔、月影……還有龜尾！他內心的震撼不比第一次看見祂們顯靈時輕。

雨掃花發光的形體站了起來，向前跨出一步。灰翅發現祂移動的同時，清天羞愧地別過頭，彷彿不忍直視在戰爭中就被他取走性命的這隻貓。

「從上次滿月到現在，你們確實遵守了和平協議，」雨掃花說。「不過，利爪依然會摧殘森林。」

灰翅和其他倖存的貓感到不解，面面相覷。

「怎麼會？」高影提問。「我們多久沒打了？自從……」她話愈說愈小聲，彷彿不敢把自己開頭的句子講完。「自從上次在這裡開戰。」

「除非有貓在私底下打鬥？」風奔厲聲問話，猜疑的目光掃視周圍。

「不可能，這太荒謬了！」灰翅持反對意見。「若有打鬥，我們一定會知道！」

龜尾走上前，站在雨掃花旁邊。「等時候到了，你們自然會懂。」祂向大家擔保。

灰翅凝視他死去的伴侶，悲傷再次湧上心頭。祂的毛皮閃爍星光，看上去比他記憶中更美。與祂四目相交，比萬爪耙心更痛，他以顫抖的嗓音提問：「能不能請祢解釋一下？這樣不是比較省時，也能免去殺戮嗎？」

龜尾哀怨地眨眨眼。「貓兒可以征伐不休，」祂說。「但是有時候連最利的爪子也留不下傷口。」

灰翅挫折地一聲咆哮。「祢到底在打什麼啞謎？」

他驚覺側身有動靜，轉頭一看，只見河波輕撣一下尾巴，走向兩隻星光母貓。

「如果有什麼事命中注定會發生，就怎樣也躲避不了，」他冷靜地解說。「沒有任何貓的意志能強到阻止它發生。」

貓靈們異口同聲地表示贊同。「河波頭腦很好，」蔭苔一邊說，一邊贊許地眨了眨祂深綠色的眼眸。「你們應該聽他的。」

「對，我同意他的說法，」雷霆急切地接話，眼底散發心領神會的光芒。「我在戰後也有相同的感受——彷彿戰前發生的每一件事都在無形中積聚為那個瞬間，醞釀成那場戰役。」

聽到晚輩說的話，灰翅不禁胸口一緇。他焦慮地兜起圈子，銳利的目光掃過聚集的貓靈，彷彿想在他們平靜的表情中識破什麼端倪。「那些事為什麼非得要發生？」他問道。「為什麼不能扭轉乾坤？想當初我決定下山到坑地定居，將雷霆視如己出地撫養。做這些選擇的是我。」

龜尾悲憫地凝視他。「是嗎？」祂溫柔地問。「你是跟著浪跡天涯的弟弟下山的吧？」

灰翅感覺胸口插滿寒冰。那是種莫可奈何的感覺。他如夢初醒：**祂說得對——不是我決定下山的。倘若鋸峰沒有決定跟隨那些貓離家出走，靜雨絕不會堅持要我跟著他，確定他毫髮無傷地抵達。要不是靜雨求我，後來發生的事一件也不會發生……**

「灰翅，別擔心，」龜尾說。「我知道你不喜歡無能為力的感覺，但你會來到今時今地都是有原因的。」

灰翅別過頭；凝視這隻玳瑁色的美麗母貓實在太過沉重。「我失去了祢，」他哽咽地說。「那又是為了什麼？」

他開始激動地來回踱步，直到高影挺身而出攔住他。

「你要冷靜，」她命令他。「我們是來聽從指示的。」

灰翅深呼吸，強迫自己站著不動。「我想擺脫這些難受的感覺，」他嘶聲說。「我以為貓靈是來幫忙的。」

他還沒把話講完，風暴就躍上前與他面對面。「你和其他貓會得到所需的一切幫助，」祂對他說話的同時也不耐煩地抽動鬍鬚。「我們會盡一切努力幫忙。」

「沒錯。」月影也走到姊姊高影的身旁。「但還有很多事要做。唯有熾烈之星才能磨鈍那隻利爪。」

貓靈一連串的賣關子、打啞謎搞得灰翅很洩氣，他感覺另一聲怒嚎在胸口燃燒；但正當他準備吼叫時，亮川開口了，祂呼應月影的話。

「對，熾烈之星。為了活下去，你們必須效法熾烈之星，成長茁壯、開枝散葉。」

為了活下去？灰翅困惑地思忖。

「我們不是活下來了？」雷霆高聲提問。

「難道和平的契機這麼快就要破滅？」風奔質問。

其他倖存的貓絕望地嚎叫，並對貓靈連珠炮似地發問。然而，他們的問題都沒有獲得解答。平地上再次掀起一陣迷霧，繞著橡木轉，遮蔽了星光閃爍的形體。等迷霧散去，貓靈也隨之消失。

灰翅跨步向前，走到龜尾先前站的地方，無奈祂沒有留下任何存在的記號或氣味。其餘的貓靈也同樣沒有留下來過的痕跡。要不是他感到胸口緊繃、哀傷到喉頭灼燒般地疼痛，他肯定會以為自己又在做夢了。

但我知道，這不是夢。貓靈和他們的忠告如假包換。為了活下去，你們必須效法熾烈之星，成長茁壯、開枝散葉。

他揣想著：至少我的直覺是對的。他始終覺得難關未過，星光貓含糊的預言似乎也證實了前方的道路依舊荊棘遍布。

他憶起戰後自己不斷做的夢，夢裡尖石巫師召喚他到她家見面，教他一定要堅強。

或許她指的就是這個。我們的生命將受到威脅，而我們必須……效法熾烈之星，成長茁壯、開枝散葉。「箇中含意為何，就先不追究了。」灰翅高聲自言自語。

他站著陷入沉思的同時，其餘的貓躡手躡腳地走向前，將他圍繞。他們壓低音量，竊竊私語。

「熾烈之星會是什麼？」斑皮很納悶。

「我們又要怎麼做，才能跟它一樣成長茁壯、開枝散葉？」花瓣也提出疑問。她環顧四周，像是期待其中一位同伴能想出解答。

清天從群貓間穿行，走到最前方，來到灰翅身邊。「也許這是某個戰略。」他提供發想。

「這說不通啊！」高影瞇眼注視清天，和他辯論。「也沒有貓可以戰下去了吧。」風奔眨眨眼，看起來異常遲疑。「不然『利爪依然會摧殘森林』還有什麼別的意思？」

「也許這裡的利爪不是真的爪子，而是另一個謎語？」

另一個堅決自信的聲音加入對話，把灰翅嚇傻了。他猛然轉頭，只見一隻陌生的母貓站在群貓中，而他很肯定上一秒鐘她還沒出現。她大無畏地直視他的眼眸。她有一身濃密的金毛，隨風蕩漾的虎斑紋路布滿全身，唯獨胸前和腳掌是純白色的。

「妳打哪兒來的？」他問道。「妳是清天陣營的嗎？」

母貓沒吭聲，清天也完全沒注意到她。「但願貓靈能幫更多忙。」他甩了一下尾巴說。顯然他和灰翅一樣挫折。

灰翅看見河波點頭道別，轉身要循原路離開。

「你要走啦？」他震驚地問。

「我可以預料聚會接下來會怎麼發展，」河波歪嘴證實他不願再留下來。「我可不想又耗在這裡一整晚，聽你們爭執不休。假如我碰巧琢磨出什麼道理，會再來找你們。」

灰翅目送這隻銀毛公貓在黑暗中消失。清天陣營的荊棘、露珠和蕁麻也正望著他離開的背影。出乎灰翅意料的是，斑皮也注視著河波，而她的眼神有種灰翅無法言說的蘊含。

灰翅把注意力拉回針對貓靈訊息所作的辯論，這才發現雷霆到目前為止還沒提供任何想法。他忙著凝視剛才發言的那隻陌生母貓，羞怯地抽動鬍鬚。

母貓走向他——目光只鎖定他，彷彿看不見其他貓的存在——站在他的面前，尾巴慢慢來回輕撣。

「我一直好想見你，」她愉悅地說。「我聽了好多你在高地的豐功偉業，像是你是多麼偉大的領袖，又是多麼英勇的戰士。」

雷霆聆聽母貓的恭維，顯得傲氣十足。他開口想要說話，卻一個字也講不出，好像不知該如何回應。

母貓等了一下，然後轉身離開，在她消失在矮樹叢前，又用那雙翠綠的明眸對雷霆回眸一望。雷霆壓根無法抽離視線。

灰翅感覺笑聲正從喉頭升起。他不禁暗忖：**雷霆雖是群貓強大的領袖，但從其他方面看來，他還青澀得很。**

第五章

清天在一叢弓形的蕨類植物前止步，深吸一口清晨涼爽的空氣。自從貓靈第一次顯靈，他們就再也沒有必要巡邏邊界；不過他還是很享受森林在拂曉微光下的平靜安寧。打從昨夜貓靈二度現身，他便希望擠出時間思索他們的訊息。

熾烈之星。指的是太陽嗎？清天一邊默想，一邊重拾步伐，穿過矮樹叢，覆著露珠的青草拂過他的毛皮。**但是不可能呀——哪有貓會用太陽當武器的？**

陷入沉思的他，一開始沒發覺自己走了多遠，直到他在咽喉底部嚐到一股熟悉的刺鼻臭味，又聽見遠方傳來隆隆聲響。

轟雷路！

清天毛髮倒豎，連忙止步，轉身準備打道回府。**我才不想去那兒呢！**

怪獸濃烈的臭氣終於散去，但是清天再次抽動鼻子，因為他又聞到另一種氣味。森林裡有貓——一隻他不認識的貓——貓味逐漸變濃，他也因此意識到那隻陌生的貓正在向他逼近。

清天起了疑心，身上的每根毛都豎直以對。這是突襲嗎？但那隻陌生貓的動作太笨拙了，他跌跌撞撞地往前走，壓根沒有要靜下來的企圖，蕨類植物的頂部也隨之搖晃。

清天遲疑片刻，然後躍上最近的一棵樹，蜷伏在一根矮樹枝上，一團樹葉將他的身體半遮半掩。

過了一會兒，一隻薑黃色的公貓鑽出矮樹叢，開始在那棵樹的根部東聞西嗅。如今他這麼靠近，身上散發的惡臭令清天反胃。

寵物貓──而且還是他見過的，那隻貓曾帶著幾隻小貓偷偷摸摸地穿過森林。

清天等那隻公貓掉頭離開，然後起身，往伸向空地的枝頭探出一步。「又是你！你來這裡想幹嘛？」他質問道。

寵物貓警覺地用後腳直立，接著蜷伏在地，耳朵往後攤平。「我叫作湯姆。我──我沒有存壞心眼，」他結結巴巴地說：「我在森林裡流浪了好一陣子，發現貓兒會……各自組隊。」

清天抽動耳朵。「所以呢？」

「我喜歡這種作法，」湯姆繼續往下說：「貓兒通力合作，互相幫忙找吃的、找住的地方。這比我單打獨鬥要好多了，我只能亂找別隻貓吃剩的食物，另一方面又要祈禱雨別下得太大。所以，我在想……不曉得，該怎麼說呢？不曉得你的陣營能不能再多收留一隻貓？」

清天仔細端詳這隻薑黃色的公貓。他有點信不過寵物貓的言論和他阿諛奉承的態度。「你脖子上還留著戴兩腳獸項圈的勒痕，」他說。「而且肚子也圓滾滾的。想必最近好幾餐都得來全不費功夫吧。」

湯姆朝胸口的毛舔了兩下。「沒錯，我曾經住在兩腳獸的家，」他勉為其難地承認。「不過我已經回歸野外了。」

「回歸？」清天質疑他。

湯姆翻了個白眼。「好啦，不算是『回歸』。這是我生平第一次在野外生活，可是感覺像是回到……我真正的家。」

清天嗤之以鼻地笑了一聲。「哦，我好替你難過喲！身體困在溫暖又乾燥的兩腳獸窩，卻一心嚮往野外溼溼冷冷、又吃不飽的生活，一定很難受吧！」

清天重新檢視湯姆，發現他的毛皮確實有幾處略為蓬亂。雖然他身上仍散發著兩腳獸的臭味，但看起來確實在野外待過一陣子，有正牌貓的樣子了。不過清天還是不願收留寵物貓，更何況他還記得阿班落得什麼下場。

清天跳到地上，一方面戒慎恐懼地和湯姆保持距離，另一方面則在他身邊繞圈子、打量他。

「那麼，我可以和你們一起住嗎？」湯姆問道。「我聽過你們的生存戰略，我應該可以依循這樣的原則生活。」

清天立刻起疑，瞇著眼凝視湯姆。「你都聽說了什麼？」他厲聲質問。

湯姆顯得猶豫，彷彿察覺到清天的緊張情緒。「就是……你在必要時刻做出艱難的決定。」

「時代不同了，」清天回覆。他不曉得湯姆指的是不是他在戰前的行徑。「現在貓兒們全都和平共處。說正經的，其實沒必要加入什麼團體。你就算單打獨鬥也能活得很好。」

湯姆抽動耳朵。「沒錯，」他說。「不過我也能為你的陣營帶來好處。」

「帶來什麼好處？」清天問。這下他可感興趣了，寵物貓能對正牌貓有何貢獻？

「我的狩獵技巧或許沒你在行，」薑黃色的公貓答覆。「但是我學習力強，也有獨門的格鬥招式。」他低頭端詳自己的腳掌，清天分不清他是謙虛還是內疚。「我知道怎麼打心理戰。」他又補了一句。

「你是說要下流手段吧？」清天攻勢凌厲地問。

湯姆沒對此回應，只是抬起頭、睜大眼望著清天，流露懇求的眼神。「我保證我能做出很多貢獻。能不能請你收留我？」他哀求道。

自責在清天的內心悸動。他面對事實，認清自己在過往造成許多不幸。**或許這正是我補償的機會。**

「好吧，」他喵了一聲。「假如你認為你有辦法證明自己的能力，那就跟我一塊兒回營區吧。不過，我醜話說在前頭，沒有貢獻的貓不會得到我們的支持。」

湯姆挺起胸膛，神情突然變得驕傲而喜悅。「你不會後悔的，」他作出保證。「我們不會讓你失望的。」

已掉頭往營區走兩步路的清天，這時停下腳步，再次回首。「我們？」**我只答應收留一隻貓欸，**他怒火中燒，毛髮也一根根豎了起來。**這隻薑黃色的跳蚤毛球是不是想要誆我？**

湯姆發出愉快的叫聲。「我還有一位朋友。」

他話一出口，他們頭頂就傳來枝葉吱嘎的搖晃聲，緊接著有一隻貓躍至地面。清天壓抑想要跳開的衝動，原來這隻陌生貓一直蟄伏在他剛才為了監視湯姆而躲藏的同一棵樹上，但他居然渾然無所覺；想到這裡，他就汗毛直豎。

他們一定沿途跟蹤我。這次會面是他們刻意安排的。

清天打量一番這隻陌生貓，發覺他未曾見過這樣的惡棍貓。他骨瘦如柴的軀體外毛髮纏結，腳爪殘破。他一隻眼睛瞎了，另一隻完好的眼神十分張狂。他沒把清天放在眼裡，只是立刻兜起圈子，又是齜牙咧嘴地叫，又是吐唾沫，活像面對一群敵營的貓。

「這位是『一眼』，」湯姆趾高氣揚地說。「他是全森林最英勇的貓。」湯姆見清天沒有回應，又接著說：「他看起來或許骨瘦如柴、又老又病，彷彿離大去之日不遠，但他絕對能夠增添你陣容的實力。只要有他在，你就不用擔心受到攻擊。今天我邀他來這裡——」

湯姆話還沒講完，便發出一聲痛苦的尖叫，因為一眼撲向他的背，還將有缺口的利爪往他背上耙。他身子一扭，回頭驚恐地看著一眼，看這隻惡棍貓又從他身上跳下來。

「你這是幹嘛？」他問道。

「我可以為自己發聲！」一眼嘶聲說。

清天認為湯姆有充份的理由一臉驚恐。**他在這裡遊手好閒，到底在想什麼？**

湯姆坐下來梳理他的毛髮，他的意氣風發顯然已成了心煩意亂。在此同時，清天望著一眼高高揚起尾巴、無精打采地兜圈子。他愈來愈好奇這隻惡棍貓要怎麼為自己辯護。

「我還記得這座森林以前全是小樹苗，」一眼娓娓道來：「早在各族的貓出生以前，我就在這裡定居了。」

他到底有多大年紀？清天反問自己。**假如他和這座森林一樣年邁，照理說應該走不動路了！**

清天正在琢磨該如何回應的時候，一眼猛然轉身，與他正面交鋒。「你就是首領？」他問道。

清天被對方如此直接的提問嚇了一跳，用前爪往地上耙。「這個嘛……如果指的是森林的這一區，可以這麼說。」

「那麼我要說話的對象就是你，」一眼繼續往下說：「關於你的事，湯姆全跟我說了。我來這兒，是為了替你的族貓貢獻一己之力，相信我，你不會想回絕我的好意。」

清天一時之間嚇傻了眼，但又深深覺得自己必須掌控這個局面。「你覺得你能為我的陣營帶來什麼貢獻？」他問道。

一眼一度若有所思。他還來不及答覆，這三隻貓就被小鳥在枝頭的振翅聲驚擾。有隻肥美的鴿子飛落在最低的一根樹枝上。

「恕我離開一下。」這隻生疥癬的貓拉長聲調說。

他躍出好大一步，撲向樹枝，爪子插進鴿子的身體。牠瘋狂掙扎，羽毛如雪花翩然飄落，然後就一動也不動了。一眼砰地一聲落地，做個抖落毛上髒汙的樣子，把獵物扔到清天的腳邊。

「行動應該更勝於空談？」他問道。

清天低頭看鳥的屍體，心裡不由得佩服他。

「我隨時都能向你示範我的狩獵、格鬥技巧。」一眼提議。

「我們不需要學什麼格鬥技巧，」清天毫不留情地駁回。「狩獵技巧就夠了。」他遲疑片刻，忍不住問道：「你們有誰聽過熾烈之星嗎？」

一眼和湯姆互瞄彼此。湯姆搖搖頭，但過了一會兒，一眼咕噥著說：「可能是一種植物。」

清天暗自想著，**什麼都有可能**，但沒能發掘有用的資訊，他難掩失望。**不過，這樣亂槍打鳥，能問出結果的機會本來就微乎其微。**

「好吧。你們可以跟我回營區。」他對一眼和湯姆說。直覺告訴他，與其跟這兩隻貓交惡，倒不如和他們結為盟友。

然而，清天轉身準備朝家園前進的同時，一眼竟走到他前頭，大搖大擺地帶路，彷佛老早就知道他們營區的位置。湯姆殿後，嘴裡銜著那隻鴿子。

清天暗忖：**我怎麼覺得他們好像早就知道會跟我回去了？**這兩隻貓城府很深，沒完全吐實。

第六章

一陣狂風吹起，刮落樹上的枯葉。落葉季快要來了，清天一面想，一面沿著邊界巡邏。由他領軍，湯姆和一眼相伴左右，橡毛在離他們兩條尾巴遠的後方跟著。

私底下，清天依然對接納這隻生疥癬的惡棍貓、散發惡臭的寵物貓有所保留。但他又不得不承認，到目前為止，他倆的確貢獻良多。一眼捕捉獵物從不手下留情，在他的協助下，貓兒得以飽食——只不過他們大多還是對他存有戒心。

清天告訴自己：**他們應該總有一天會習慣他的。況且，把一眼這樣的貓留在身邊，總比任他到處閒晃好吧。**

這時身後傳來一陣劈啪聲，清天立刻止步轉身，面對可能的危機，他肩上的毛也一根根豎起。這個聲響勾起他的回憶，吞噬森林的熊熊大火彷彿歷歷在目。**我再也不想經歷那樣的人間煉獄了。**

接著他才發現，原來是橡毛在一個枯葉坑裡打滾，四隻腳揮打著葉片。他翻了一個白眼。**唉，她還是隻童心未泯的小貓……**

「橡毛——」他準備開口。

「不要胡鬧了，」湯姆怒斥，打斷他的話。「我從早上就沒進食，都快餓死啦。」

橡毛手忙腳亂地爬出枯葉坑，她抖落毛上的碎葉片，眼底流露受傷的神情。「對不起。」她低聲道歉。

清天的目光掃向湯姆，發現他自從加入團體，幾天下來肚子削瘦不少。**這何嘗不是好事一件！**

「在森林裡找到食物時我們才會吃，」他溫柔地說。「這點我們一定要適應。還記得當年——」

「不要再話當年了，說什麼當初在山上大家全都餓肚子，」湯姆再次插嘴：「這個老掉牙的故事我聽太多遍了！」

「我可沒求你加入我們，」清天回嗆，他的嗓音刺耳，似乎準備要嚎叫。「你想走隨時都能離開。」

湯姆一副想要吵架的嘴臉，但他顯然有自知之明，把嘴巴閉上。清天這才鬆口氣，慶幸衝突畫下句點。

橡毛的腳爪啪嗒啪嗒地踩過枯葉，躍向前用身體磨蹭他的毛髮。她好像打算也要對湯姆這麼親密，但終究止住腳步，微微皺起鼻頭。

「對不起，我搞砸了，」她喵喵叫。「我不想挑起爭端。上個月過得多太平啊。」

「是啊。」清天呢喃道。以往衝突不斷，如今天下太平。夜裡一覺好眠，醒來神清氣爽，真教人寬慰。長久以來，他都睡不安穩、惡夢連連，憶起這段往事，他便想打個寒顫，但最後還是按捺下來。他老是為保護族貓、捍衛領土而發愁，又要確保每隻貓都有足夠的食物可吃。這可不是輕鬆的差事。如今他們共享獵物，領土不分你我，凡事通力合作，一切都好。

巡邏隊再次啟程，但森林邊境在此時傳來窸窣聲。一眼即刻面向聲音的源頭。「無論你是誰，」他吼道：「都滾出我們的領土！」

「喂，等等！」清天喵聲：「現在已經沒有所謂的入侵者了！」

但是太遲了。他話還沒講完，湯姆就衝向聲源，毛髮有如刺蝟的脊柱倒豎。清天在他身後追，橡毛也在一旁狂奔，急著要幫忙。反觀一眼，彷彿失去了興趣，悠悠緩緩地跟在後頭。

「別插手！」清天一面喝斥橡毛，一面追上湯姆，擋住他的去路。

寵物貓面對一隻長相兇惡的虎斑公貓，對方肌肉發達，耳朵小如鼠。湯姆開始嚎叫，而且張牙舞爪；但看在清天眼裡，他壓根兒不懂該怎麼戰鬥。

「退後，不然我要把你的耳朵切成絲！」清天訓斥湯姆，把他推到一邊。

他依稀聽見其他聲音在遠方呼喚，過不了一會兒工夫，灰翅和雷霆就從矮樹叢鑽出來，瞪大眼走向這群貓。

「好了，鼠耳，別激動，」灰翅邊說邊用尾巴拂掠虎斑公貓的肩膀。「這全是誤會一場，沒必要打起來。」

在此同時，雷霆則好奇地凝視一眼。「他是誰？」他問道。

「一位新朋友，」清天回答，並向兒子點了個頭。「他名叫『一眼』，幾天前才加入我的陣營。還有這位——」他說著說著，便向湯姆伸出一隻手掌。

「不用勞煩你介紹了。」灰翅的這聲咆哮可把清天嚇傻了——他的弟弟向來是最冷靜的貓。「誰不認識大名鼎鼎的湯姆？」

「怎麼說？」清天詫異地問他。

「清天，你收留的這隻寵物貓，正是拐走龜尾孩子的元凶，」灰翅對他說。「你還記得龜尾吧？」

內疚如利刃刺進清天的心。「那些是龜尾的孩子？我不知道呀！」他暗忖道，**當初看見他帶小貓走，我應該出面試圖阻止才對。**

內疚感來得快，去得也快，他的情緒轉為憤怒。**灰翅竟敢當著湯姆和一眼的面羞辱我！虧我這麼努力遵守之前允諾貓靈的新條約。**

「我以為戰後大家已盡釋前嫌，」他拘謹地說：「這不是大家講好的嗎？灰翅，我還以為所有貓當中，對這些事最公平、也最開明的是你。畢竟，」他繼續往下說，任怒火操控言語：「你已將首領的位子讓給雷霆，也沒有掌握大權。雷霆有權把你踢出家門，讓你自生自滅——變成一隻潦倒落魄的貓。你還沒被趕走，算你走運！」

「這不是我們處事的態度！」雷霆表達抗議。

灰翅保持緘默。清天知道他觸動了一條敏感的神經，也從弟弟的眼神發現他很受傷。他馬上為自己的大發雷霆感到懊悔。他踱步向前，和弟弟互觸鼻頭。「但絕對不會發生這種事的，」他嗚嗚叫道：「我永遠為你敞開家門。」

「沒錯！」橡毛興奮地輕跳一下。「灰翅，過來跟我們住嘛！」

這隻年輕母貓熱切的話，教雷霆聽了不知所措，這些清天都看在眼裡。他揣度著，

這不是我們現在需要聽的。「夠了，」他嚴厲地告誡橡毛。「灰翅現在的家已很幸福美滿。」

眾貓陷入沉默，清天這才發現湯姆和那隻魁梧的虎斑貓依然目露兇光面對面，頸部毛髮倒豎。

「鼠耳，冷靜一下。」雷霆走到兩貓之間，對那隻虎斑貓斷聲訓斥。

虎斑貓恭順地退後，接著雷霆轉身面向湯姆。「我們好像見過。」他說。

清天看見湯姆眼底閃過一絲怒光，又隨即轉為趣味。「我們的確見過，」他贊同道：「事實上，我相信是你把我的小貓拐走的。他們還好嗎？希望他們沒有在夜裡驚醒，哭著要找死去的媽媽？」

「夠了，」清天怒斥湯姆，寵物貓惡毒的話令他驚愕。他轉過身子，面向其他貓，又瞥了鼠耳一眼。「看來我們各自吸納了新成員進團體。不妨接受這就是我們目前的現況。雷霆，湯姆是寵物貓出身沒錯，但你該相信父親的眼光，我遇到優秀的戰士，自然不容錯過。」

「戰士？」雷霆語調尖銳。「你要戰士幹嘛？」

「沒做好準備、自我防禦的都是蠢貓，」清天答覆。「狗、獾、惡棍貓、兩腳獸……天曉得下次的危機會從何而來？更何況，下次的危機躲也躲不過，」他繼續說，

雷霆不敢直視他，令他心頭竊喜。「這難道不是貓靈回來的用意嗎？指引我們求生？你們也傳授貓兒格鬥技巧，對吧？」

雷霆目光緊盯腳掌。「我們傳授的是狩獵技巧。其他的不需要。」

灰翅走向他的晚輩，站在他身旁。「在戰鬥中，只要是貓，都有伸爪進攻的本能，」他對哥哥說。「但說到狩獵……就需要耐心苦練了。雷霆的決定是對的。」

他一旁伴著雷霆，轉過身走向高地。鼠耳臨走前又瞪了湯姆才尾隨在後。

「再見！」清天沒把握地呼喊。

唯一回望的是鼠耳。「你這個笨蛋，」他對清天說：「我認識一眼很久了——這隻貓不值得信任。收留他你會後悔莫及。」

清天沒答腔。他僵硬地掉頭離開，揮了一下尾巴，示意族貓跟他返回營區。他得刻意努力，才能把肩膀的毛髮壓平。

曾當過惡棍貓的，沒資格教我怎麼做事！

第七章

雷霆和灰翅及鼠耳一同走回營區，他在途中默想，不確定能不能信任清天。令他擔憂的是，父親再三強調格鬥訓練有多重要。雷霆暗忖：**他可以滔滔不絕，談狗呀獾的，直到天荒地老。但我怎麼也擺脫不了他想向其他貓兒宣戰的意圖。**

他返回營區，看見梟眼、麻雀毛和礫心在坑地邊緣互相拍擊一顆苔蘚球。高影則在岩石上守護著他們。

雷霆心想：**我大概沒辦法像高影那樣有耐心吧。但或許正是因為我們個性互補，才能合作無間。**雖然他不是每次都同意這隻黑色母貓的意見，但他尊重她的智慧與經驗。**此外，風奔自從生小貓後，也不再凡事強出頭了。團體因此變得更加和睦融洽。**但話說回來，他還是希望灰翅沒有讓出領袖的地位。

「不曉得高影待在岩石上守望時，有沒有發現湯姆或一眼的蹤影。」灰翅咕噥著說，彷彿看穿了雷霆的心思。

「我們一定要告訴大家，一眼加入清天陣營的事，」鼠耳插嘴道：「泥掌和冬青也認識他，他們肯定有話要說。」

這隻虎斑公貓暢所欲言的同時，礫心離開他的同胞兄姊身邊，跑到雷霆和其他貓兒這頭。「一切都還好吧？」他焦慮地問。

他是不是發現我們有事煩心？雷霆不禁揣想。

「小傢伙，一切都好。」灰翅喵喵叫，要他寬心。

雷霆雖然表面上沒說什麼，卻在心底反問自己是否應該對礫心更開誠佈公。顯然他具備了多數貓兒沒有的天份——或許他們應該鼓勵他善用這項才能。

灰翅蹦蹦跳跳地穿過坑地，躍上高影所在的岩石，湊到她的身邊，對著她耳朵說悄悄話。

「把每隻貓都叫來岩石邊！」她立即高聲下令。

雷霆和鼠耳召喚梟眼、麻雀毛和礫心走來營區，在靠近岩石的地方選了個位置坐。閃電尾加入他們；雲點和斑皮也在附近就座；在此同時，鋸峰也一瘸一拐地和冬青以及泥掌走來。風奔與金雀毛坐在他們的窩前，他倆生的小貓則在這對伴侶貓的面前開心地嬉鬧扭打。

灰翅的目光掃過營區，看其他族貓聚攏。「清天的陣營吸納了幾名新成員。」他宣布道。

「那又怎樣？」鋸峰輕蔑地撣了一下尾巴。「我們也多了三名新成員呀。」

鼠耳起身，畢恭畢敬地向灰翅和高影點了個頭。「問題是，」他開始解釋：「清天的新成員，一隻是惡棍貓，一隻是寵物貓。更要命的是，那隻惡棍貓還是我們的宿敵……」

冬青一躍而起，尖釘狀的毛似乎比以往豎得更直。「該不會是一眼吧？」她吼道。

鼠耳點點頭。

「他不是住在轟雷路的另一邊嗎？」泥掌說。「跑來這裡幹嘛？」

「總之肯定沒好事。那隻貓是個壞胚子，」冬青嘶聲說：「他是個天殺的霸王——是小偷，也是撿破爛的齷齪鬼。他喜歡挑撥離間，唯恐天下不亂。清天瘋了嗎？」

雷霆發現鋸峰往冬青那頭挪移，眼裡閃著景仰的光芒。「妳有這樣的見解，」鋸峰低語：「真是睿智的貓。」

冬青瞥了他一眼，顯得錯愕又驚喜。雷霆必須忍住笑意。他暗地想著：**她的確很有膽識。或許這就是鋸峰喜歡她的原因。**

站在岩石上的高影轉身面向灰翅。「清天是你哥，」她說：「事態發展至今，你有什麼看法？」

雷霆知道他內心的想法，一定有蜜蜂鑽進清天的腦袋，否則他怎麼會糊塗到把麻煩人物納入陣營？但他保持靜默，準備聽灰翅的高見。

灰翅跨步向前，雷霆聽見他呼吸的雜音，不禁愁思：**他的身體還是很虛弱。在那場大戰出生入死，害得他健康每況愈下。**雷霆知道礫心與斑皮和雲點通力合作，努力醫治族貓的傷勢；但他認為沒有任何貓能治好灰翅的肺在森林大火中所遭受的創傷。

「我相信清天認為他沒有做錯。」灰翅開口說。

高影嗤之以鼻。「清天什麼時候認為自己做錯過？」她挑明重點。「他開始鎮守邊界時，也覺得自己沒錯啊，結果害我們落到這步田地。」

雷霆無法按捺內心的訝異，沒想到高影才剛邀灰翅發言，竟這麼快就打斷他的話。不過這隻黑色母貓似乎也發覺自己的反應很不得體。

「對不起，」她一面說，一面對灰翅微點個頭。「自從上回造訪四喬木，我就變得很反常。腦子裡只有熾烈之星，一直在思索貓靈訊息的涵義。」她不耐煩地甩甩頭。「想得我夜不成眠。」

灰翅用尾尖輕碰高影的肩膀。「不要緊，」他要她放寬心。「這件事也讓我很煩惱。至於清天，我相信他已知道自己鑄成滔天大錯，所做所為釀成無法收拾的戰爭，如今他也滿心懊悔。他不會想再掀起波瀾了；但話雖如此，我們還是得考量現實。清天這隻貓一心只想捍衛他的家園，他會竭盡全力完成這項使命。他收留了幾隻惡名昭彰的貓，一眼……還有湯姆，也就是拐走龜尾孩子的那隻貓——」

他停止發言，因為坐在周圍的貓兒開始嚎叫，群起抗議。雷霆感覺憤怒有如一個巨大的氣泡在他體內膨脹。他按捺不住，直接躍起，怒視著周圍，頸部毛髮倒豎，不停甩動尾巴，鬱積心頭的話彷彿在此刻炸開。

「我們必須訓練格鬥技巧！」雷霆一聲令下：「清天旗下的貓都開始練了，我們怎能怠惰——更何況還得對付湯姆和一眼那樣危險的貓。」

好幾隻貓發出贊同的嚎叫，可是雷霆發覺麻雀毛和梟眼正哀傷地你看我、我看你。

「『他們』指的是包含我們的父親嗎？」麻雀毛憤慨地問：「他是不是危險的角色我不清楚，但是我很確定他本性不壞。」

小貓們對生父感到好奇，甚至有袒護他的跡象，這些雷霆都不意外。但他沒時間和小貓溝通；等嚎叫聲平息，灰翅便開始回應。

「和睦與融洽固然美好，」他喵聲說：「但我想了又想，對可能出現的危機視而不見，恐怕是大不智。發動攻擊的意圖不可有，但提防準備的心也不可無。就算一眼和湯姆不會帶來威脅，危險也可能從別處而來。」

「狗啦、狐狸啦……」鋸峰打岔。

「沒錯，」灰翅接話：「落葉季已經到來，在不知不覺中，禿葉季也將來臨。禿葉季一到，動物餓得發慌，自然會奮不顧身。那麼，大家都同意嗎？和平共處，但不忘練兵——為我們希望永不開打的戰役做準備。」

眾貓憤怒的嚎叫如今轉為興奮的竊竊私語。

閃電尾從雷霆身邊躍起，熱切地抽動鬍鬚。「雷霆，我幫你練兵。」他作出承諾。

「我也來幫忙，」冬青插嘴：「我有幾招可以對付一眼那樣的貓。」

「妳也可以教我嗎？」鋸峰一邊問，一邊滿懷希望地向前跛行。

雷霆正準備出面阻止，理由是鋸峰腿有殘疾、行動不便，但冬青搶先一步答話。

「教你啊，沒問題，」她伶牙俐齒地說：「每隻貓都有能成為戰士的潛能。」

梟眼和麻雀毛興奮地互換眼色。「小貓也是嗎？」麻雀毛問道。

「尤其是小貓，」冬青回答。「萬一敵人攻擊營區呢？你們必須保護自己。這可是刻不容緩啊。」

雷霆與冬青和閃電尾一同把願意作戰的貓兒帶走，到高地外的一處空地練兵。他內心激動，充滿了希望。**沒錯，清天接納了幾隻靠不住的貓；但練兵的需求使住在高地的**

我們團結一致，這絕對是件好事。如貓靈所說，不團結就只有滅亡。無論前方有何凶險，我們都兵來將擋、水來土掩！

雷霆等待大夥兒走來的同時，聽見麻雀毛在他背後說話，嗓音裡盡是焦慮。「為什麼大家都把湯姆當作敵人？」

雷霆回頭一瞥，看見三隻小貓圍著灰翅，灰翅似乎一時語塞，不知該如何回應。

「這個嘛……」他開口。

「他是我們的父親欸！」梟眼打岔。「假如他們不想接受他，那或許也不願收留我們。」

「不必擔心這個，」灰翅說：「你們三個都對團體很有貢獻，所以生父做了什麼並不重要。」

「問題是，我們又不曉得他做了什麼，」麻雀毛抗議。她壓低嗓音補了一句：「總有一天，我要找到他，親自查明真相。」

冬青走到培訓區的中央，其餘的貓在她身邊歪七扭八地圍了一圈。由於小貓們不再追問，灰翅這才顯得如釋重負。

「我來示範一下翻滾解圍的欺敵之術，」冬青向大家宣布：「看好了，像這樣翻到側身。」她示範動作，讓四條腿從肚子底下探出來，然後背貼著地，腳伸向半空。「仰躺著，讓敵人看見你的腹部。」

「可是……這樣豈不是讓自己處於危險？」梟眼問她。當他發現年長的貓全都在聽他說話，緊張地四處亂瞄。「灰翅說過，千萬不能在攻擊者面前曝露自己柔軟的腹部。」

「沒錯，」冬青喵喵叫，她的眼底閃爍微光。「但重點是讓對手以為你要曝露弱點。一旦他們發動攻勢，你就伸出後腿一踢，出其不意地嚇對方——像這樣。」她用後腿強而有力地飛踢。

「哇！」碎冰驚呼。「太神了！接下來呢？」

「一躍而起，」冬青一面示範，一面回答：「然後撲向敵人的背。趁他們還沒搞清楚怎麼回事，你可以用爪子劃過他們的側身，同時咬住他們的尾巴。只要出這招，我三兩下就能把貓撂倒。」

雷霆十分激動，身上的毛從耳朵豎到尾尖。他亮出利爪，想像自己抓耙一眼或湯姆，然後他冷不防地縮了一下，因為四喬木之役中戰亡的貓所濺灑的血味與遍野的哀鴻又浮上心頭。

「就連鋸峰也辦得到，」冬青繼續說：「其實由鋸峰出這招最有效。攻擊者以為跛腳的他好欺負。所以，如果他仰臥著露出腹部，對方就會變得狂妄自大。但就算只有三條腿，還是跳得起來——鋸峰，你說對吧？」

鋸峰用力點了個頭，知道冬青對他有信心，他樂得眉開眼笑。

「那就動起來吧，」冬青喵聲道：「一起練習。至於其他貓，兩兩一組，練同一招。但千萬要記得——不能亮爪子！」

雷霆看著碎冰走向梟眼。「小傢伙，來吧，」那隻灰白相間的公貓說：「看你有沒有辦法把我騙倒。」

梟眼興致勃勃地投入練習，雷霆也樂見碎冰在面對弱小對手的時候以禮相待。

這時，雷霆驚覺有東西碰他肩膀，一轉頭才發現是閃電尾。「滾出我們的營區，入侵的髒鬼！」他的朋友齜牙咧嘴地說，不過雙眸閃著逗趣的神采。

「你說誰是髒鬼啦？」雷霆回嘴。

閃電尾縮著爪子向他揮擊，雷霆旋即倒地翻滾。「嚇到你了吧！」閃電尾呼喊。「塊頭這麼大，行動一定非常不便。有沒有被自己的大腳絆倒過呀？」

「放馬過來！」雷霆說。

閃電尾二話不說躍向他，雷霆如冬青示範的那樣，抬起後腿朝閃電尾的胸膛狠踢一腳，將他踹倒在地。閃電尾掙扎著準備起身，雷霆又往他背上一撲。「見識到了吧？」他朝朋友的耳裡咆哮。「我跟其他貓一樣靈活。」

他從對手身上跳開，閃電尾氣喘吁吁，抖了一下毛皮，把黏在毛上的碎屑抖落。雷霆趁著歇息的空檔，環顧四周，看見灰翅和高影捉對拳鬥，鼠耳則和礫心配對操練。

雷霆暗忖：**為了不傷到礫心，鼠耳下手也太輕了吧。這樣未免和實際打鬥也差太遠了。**

他還沒來得及提供建議，就聽見礫心發出一聲撕心裂肺的哀號。鼠耳趕緊彈開，驚慌地瞪大雙眼。「我沒碰他哦！」他高聲澄清，貓兒全都跑來一探究竟。

接著雷霆注意到了泥掌。他一直站在附近觀察別的貓受訓，但此刻的他卻蜷在地上什麼小玩意兒面前，鬍鬚止不住地顫抖。

雷霆一時好奇走過去，只見他盯著一隻老鼠的屍體瞧。

梟眼走上前，卻又停下腳步，焦慮地用腳爪耙地。「礫心——你知不知道這是怎麼回事？」他問道。

礫心躡手躡腳地走來，焦慮不安的他毛髮全豎直了。雷霆這才驚覺早在其他貓發現老鼠之前，這隻小貓已感應到異狀。他聞了屍體一下便往後退，嚇得瞪大眼。

雷霆從礫心背後探視，第一次近距離地檢查屍體。老鼠的肚子漲得厲害，嘴巴周圍盡是點點白沫。牠死不瞑目，不僅眼睛流膿，尾巴還有一處開放性的潰瘍。

「大家都退後！」雷霆下令。

「瘟疫，」礫心喃喃自語，抬起頭看他。「藥草再強也治不好的瘟疫。」

雷霆點點頭。「回高地去！」他對其他貓說，他們全都退後好幾步，毛髮倒豎、鬍鬚顫抖著在一旁待命。「我跟灰翅會處理這隻老鼠。警告其他貓不准吃這種外觀的獵物。」他對轉身離去的族貓呼喊。

「你有沒有見過這種玩意兒？」雷霆一邊問，一邊用探究的目光瞥向灰翅。

灰翅搖搖頭。「就連在山上，我也未曾見過，」他答覆：「我們得把這隻獵物扔了，免得被其他貓誤食。不——別碰牠！」雷霆準備伸手時，他出言制止。

兩隻貓同心協力，蒐集棘叢的落葉，並裹在老鼠周圍，動作小心謹慎，以免腳掌接觸屍體。然後，他們還是不敢掉以輕心，將鼠屍滾向岩石堆。

雷霆聞到死屍散發的微微惡臭，禁不住皺起鼻頭。「那是什麼鬼？」他咕噥道。「比死亡的氣味還要難聞。」

最後，雷霆和灰翅設法將鼠屍塞進兩塊岩石間的裂縫，又在屍體上面疊了更多鵝卵石，直到臭味消失。

「大功告成！」灰翅喊了一聲，往後腿一坐。「現在，最好找條小溪洗腳掌……以防萬一。」他長嘆一聲：「這不是個好兆頭。」

第八章

灰翅返回高地後，發現其他族貓正焦急等待他們歸來。他躍上岩石，站在高影身邊，向族貓報告那隻病老鼠的狀況，以及他和雷霆處置的方式。

「那我們該怎麼辦呢？」風奔問道。她用尾巴圈起小貓，往她那頭摟緊，藉以保護他們。「萬一還有更多病老鼠呢？」

灰翅即使陷入愁雲慘霧，仍不免去想風奔近來劇烈的轉變。自從她生的其中一隻小貓「小燼」夭折之後，她就對其他孩子格外呵護。**不過，又怎能怪她？**

但這不是唯一的轉變。浴血激戰過後，她就變得更沉默寡言，灰翅不知道她當領袖的雄心壯志是否已消退，或者單純只是轉向。他暗忖道：**如今，她把更多重心擺在金雀毛和其他小貓身上，而非對其他貓兒發號施令。**

「外出狩獵時要保持警戒，」高影答覆：「如果獵物有任何染病的可能，千萬不要發動攻勢。也絕對不要帶任何可疑的東西回營區。」

「幹嘛要這樣小心翼翼？」泥掌問道。

高影湊到灰翅身邊，對他耳畔呢喃：「我們該不該把貓靈的事告訴這三位新成員？他們聽了會相信嗎？」

灰翅也沒把握。「他們自稱目擊了戰役。至於有沒有看到什麼別的，我就不清楚了。我只知道，最好別拿幽靈貓和神諭這種故事嚇唬他們，」他回答。「不過，我信任他們幾個，況且遲早有貓會跟他們說的。依我看，還是把我們知道的告訴他們吧。」

高影遲疑片刻，然後點了個頭。

「我們近來接獲警告——」灰翅清清嗓子，開始解釋。

冬青立即一躍而起。「哪種警告？」她詢問道：「假如來自一眼那隻卑鄙的貓，我們就——」

「不，」灰翅打斷她的話。「是來自幾位……遠方的朋友。」

「你是指旅行貓嗎？」鼠耳困惑地問。

「不完全是，」灰翅說。**這些貓一定會以為有蜜蜂鑽進我腦袋了！**「一言難盡，」他繼續說，急著快點把來龍去脈解釋完畢。「激戰過後——在遇見你們之前——陣亡的貓靈……在我們面前現身。」

麻雀毛驚奇地一聲尖叫。她和兩名同胞手足既沒參與戰役，也沒出席之後的集會，所以現在各個興奮地瞪大眼，專注聆聽灰翅說的每一句話。

「貓靈？」泥掌驚愕地倒抽一口氣，和兩名夥伴互換一個眼色。「你確定你不是因為……呃……打完仗之後，腦袋有點糊塗了？」

灰翅搖搖頭。「在場的每隻貓都看見他們顯靈，也聽見他們說話。貓靈告誡我們，不團結就只有滅亡。也要我們在下回滿月時分重返四喬木和他們碰面。」

「所以說幾天前的夜裡你們是去那裡呀，」冬青喵聲道：「我還以為你們只是外出巡邏呢。」

「對，」灰翅繼續說：「或許應該早點跟你們說的，總之……我們又見到貓靈了，祂們也是在那個時候告誡我們——利爪依然會摧殘森林。為了活下去，我們必須效法熾烈之星，成長茁壯、開枝散葉。」

冬青嫌惡地嗤之以鼻。「你們的貓靈朋友很喜歡故弄玄虛，是吧？」她尖酸刻薄地說：「天曉得這則訊息到底是什麼意思？」

「利爪指的可能是害死老鼠的瘟疫。」雲點若有所思地喃喃自語。

「至於熾烈之星，」鼠耳覆述這幾個字。「那不是一種有五片花瓣的植物嗎？」

「什麼植物？」灰翅問道。「在哪裡——？」

他的聲音被情緒激昂的貓兒淹沒，他們原先全神貫注，聆聽鼠耳的建議，接著一擁而上，急著貢獻自己的意見。

「依我看，這表示我們應該回山上去，」高影說：「那種植物長在山上。」

灰翅目不轉睛地望著這隻黑色母貓，不敢相信她嘴裡竟說出這種話。**畢竟我們是歷經千辛萬苦，千里迢迢才下山的！**然而，他根本沒機會反對，因為族貓們都爭先恐後表達各自的看法。

「我覺得，這意味著我們該追隨流星，移居到新的土地！」梟眼尖叫著說，激動地跳上跳下。

他的姊姊麻雀毛則推他一把。「你這個鼠腦袋，我們上回看見流星是什麼時候的事啦？」

「熾烈……」風奔焦慮地犯嘀咕。「恐怕哪裡又要發生火災了。最後我們只能東奔西逃，失散終生。」她在小貓面前彎下腰，將他們摟緊，不停舔他們的耳朵。「我不會讓這種事發生的。」她作出承諾。

金雀毛緊挨她的身側。「無論發生什麼事，我們永不分離。」

「等等！」鋸峰也在音量劇增的喧囂中插花。「它或許跟鼠耳提到的植物有關。他說有五片花瓣，對吧？印象中，我好像在山上見過。或許我們應該兵分——」

「夠了，」灰翅打斷他的話，貓多嘴雜把他搞得心煩意亂。「你們有沒有靜下心來，想想自己的意見？在發言之前，有沒有先跟別的貓討論過？怪不得會做出這麼荒謬的結論！」

其他貓靜了下來，倉惶失措地仰望著他，彷彿不曉得他怎會如此易怒。鋸峰看起來特別難受。

唉，我很抱歉，灰翅心想。**但他們必須明白，一味的慌張和妄自臆度，事情是不會有進展的。**

「大家要冷靜下來，」他說。「那麼，鼠耳，『熾烈之星』這種植物到底長在哪裡？倘若能找到它、將它帶回營區，或許我們就能猜到貓靈傳遞的訊息。問題一件一件處理，好嗎？」

眾貓雖然咕噥著表示贊同，但灰翅看得出來他們對他仍有不滿。**無所謂，只要能解決這個難題就好。**

「我們曾見過熾烈之星長在轟雷路的彼端。」鼠耳對其他貓說。

「你的意思是，我們得橫越轟雷路囉？」碎冰懷疑地問。「我不喜歡這個主意。」

灰翅也不喜歡，旅途中遭遇的災難，包括蔭苔慘遭怪獸輾死的插曲，又浮上腦海。

「我們以前常在那裡跑來跑去，」泥掌為他們打氣。「抓到竅門的話其實並不危險。」

「我們或許應該試試看，」高影作出決定。「我願意帶隊過去，摘點植物回來。」

如今有了計畫，眾貓間重燃起興奮的騷動。但灰翅發現鋸峰依舊神色哀傷。內疚如利爪耙了他一下：他一直沒讓鋸峰表達意見。

他暗自懊悔：**我還是把他當作當年魯莽躁進、害我得下山去追的那隻貓。或許我該開始認真對待他了。**

冬青湊到鋸峰身邊，對著他耳畔私語。鋸峰瞬時撐大眼，發出**呼嚕嚕**的笑聲。

冬青就是有辦法逗他開心，灰翅默想著，不禁暗自佩服。**她對鋸峰有正面幫助，這點無庸置疑。我只希望她別把他逼得太緊了……**

第九章

高影抬起頭，瞇眼斜視陽光。「現在出發的話，我們應該可以趕在天黑前回家。」她說。

白晝愈來愈短。恐懼使雷霆的肉趾如有針扎。**夜晚也愈加寒冷。禿葉季馬上就要降臨了。**

但他將這個念頭拋諸腦後。他周圍的同伴好像一窩蜜蜂，好奇地嘰嘰喳喳講個沒完。

「走吧！」斑皮急切地說：「我們得馬上動身，找這種植物。」

「好，我相信它就是解答！」金雀毛表示同意。

雲點深思熟慮地點點頭。「它或許可以保護我們不被疾病感染。」

「好，那就走吧。」高影一揮尾，示意泥掌、冬青和鼠耳一同出發。

雷霆跟著他們，一起上斜坡，準備離開高地。這時他才發現大部分的族貓都擠在他身後。高影停下來，轉身面向他們。

「等一下。」她嗓音聽起來很挫折，尾尖也跟著抽搐。「不是每隻貓都能來。總不能放著營區不顧吧？摘一朵花需要動員多少貓啊？」

「我們為什麼不能去？」碎冰問道。

爭執瞬間爆發，有的貓同意高影，只要派一小支巡邏隊就行了，其他貓則堅持他們有權加入尋花覓草的行列。

「夠了！」雷霆喝斥、往前跨步。「我跟高影一起去，」他堅決地說：「但需要至少一位新成員為我們帶路。」

冬青、泥掌和鼠耳你看我、我看你。「要我留在營區也行。」冬青咕噥著說。

「好，那我去。」鼠耳自告奮勇。

「或許我也該一起去。」灰翅接著說，並走到雷霆身邊。

雷霆面向他的血親，在長輩的臉上發現過勞的疲態。「不，你留在家裡休息，」他說。「你累了一整天，找植物也不用動員這麼多貓。」他在灰翅眼底看見一閃而逝的哀傷，所以連忙補了一句：「況且，我們應該讓深受信賴的貓——一隻大家都能信任的貓——來掌管營區。」

灰翅似乎沒被這番話給打動，但他還是點頭表示同意：「那好吧。」他丟下這句話便掉頭就走，沒給雷霆進一步解釋的餘地。

雷霆發覺自己沒辦法再多說什麼消除灰翅的疑慮，只好默默跟著高影離開，但沒想到來了個礫心攔住他的去路。

「我也想去，」小貓懇求道，他焦慮地瞪大眼。「藥草是我的專長，說不定我能幫上忙。」

雷霆最初的直覺是拒絕他。**有小貓在，讓我們分心就不好了**。但念頭一轉，他提醒自己：礫心可不是普通的小貓。**他想跟來，一定有特殊的理由**。

雷霆瞄了灰翅一眼，只見他點了個頭。他又面向礫心。「既然灰翅覺得這是個好主意，那你就來吧。」

由鼠耳領軍，眾貓邁開大步，默默橫越高地，朝兩腳獸地盤邊境的森林前進。雷霆格外留意礫心，確保這隻小貓沒有落後。

他神情肅穆、保持警戒。為什麼他想參與這趟旅程呢？灰翅說過他會做夢……

「是不是有很多惡棍貓住在轟雷路的另一頭，也就是熾烈之星生長的地方？」等他們抵達森林邊境，高影詢問鼠耳。

「不多，」鼠耳答覆：「那裡潮溼又多沼澤，很少有貓喜歡腳爪沾到爛泥的感覺……就連泥掌也不例外。」他笑著哼了一聲鼻息，補了這句話。

「但你一定──」高影話還沒講完，就看見生疥癬的一團毛球從枯葉堆和灌木叢中竄出，往雷霆身上飛撲，伸利爪劃過他的鼻頭。

「是我先看到的！」一個粗啞的嗓音說。

對方來勢洶洶、疾速進攻，把雷霆嚇得縮起身子，伸手遮掩刺痛的口鼻。等他回過神來，才發現一眼站在面前，他甩動著尾巴，嘴唇後翻嚎叫。有隻死鳥躺在他的腳邊。

「我們應該要和平共處！」雷霆怒斥，並亮出利爪，準備迎接下一波攻勢。「我根本沒看見你的臭鳥！」

一眼故作威嚇，往前跨出一步。

「退後！」礫心發出刺耳的尖叫。「大家都退後！」

小貓急迫的嗓音令雷霆毛骨悚然。這是他第一次近距離地觀察死鳥，發現牠的肚子腫脹，好幾片羽毛都脫落了。乾涸的膿汁在羽毛脫落的部位結成硬殼。

「站住！」礫心再次驚叫，因為一眼又往前走，準備一口咬住獵物。

雷霆躍向前，衝向這隻生疥癬的公貓，逼他非得遠離死鳥。一眼也不甘示弱，強硬反擊，利齒向雷霆的頸部狠咬。

「放開我！」雷霆咬緊牙關地說：「我是好心救你這條爛命欸！」他把一眼甩開，然後用兩隻前爪壓住他的胸膛，讓他動彈不得。公貓只能用剩下的一隻眼憤恨地瞪他。最後高影才察覺礫心驚嚇的原因。「這隻鳥染病了！」她高聲嚎叫：「大家全都退開！」

她疾呼的同時，距離幾隻狐狸遠的矮樹叢一分為二，清天現身，後頭跟著花瓣和兩隻小貓——白樺和赤楊。「一眼，這是怎麼回事？」他邊問邊掃視周圍的其他貓兒。

雷霆往後退，讓一眼起身。一眼端詳那隻死鳥，驚覺有點眼熟，恐懼也隨之蔓延至他的眼眸。「沒事。」惡棍貓只是咕噥一聲，不願直視清天的雙眼。

我才不要放過他！雷霆暗忖道。他清清喉嚨，朝父親那邊點了個頭。「是這樣的，」他打開話閘子：「我離一眼的獵物太近，他就對我發動攻勢。問題是這隻鳥染病了，我才將他擊退。無論他把理由說得多天花亂墜，我只是想幫忙罷了。」

清天瞇起眼。「染病？」

「對，牠——」清天的話被打斷，因為兩隻小貓蹦蹦跳跳地往前走，好奇地盯著鳥兒看。「不可以！」他尖聲喝止，輕輕一拍，把他們推開。「不准前進。」

但白樺竟繞過他，伸長脖子用鼻頭碰那隻死鳥。「噁心！」他驚呼著退後，好奇心瞬間轉為嫌惡。「聞起來像是腐爛的食物！」

雷霆長嘆一聲，瞄了清天一眼，只見他正扭頭要小貓回去。「馬上給我回來！」他發號施令。令雷霆訝異的是，清天的眼底竟流露關懷之情；當初他還是隻需要父愛的小貓，卻從未見過父親表現柔情的一面。清天對根本不是他親生的小貓如此關心，雷霆看在眼裡，盡量不燃起妒火。

兩隻小貓蹦蹦跳跳地回花瓣身邊，她用尾巴一圈，將他們包圍，接著充滿慈愛地舔他們的耳朵。

清天走向前，仔細檢查死鳥，和其他貓一樣面露嫌惡。

「你在森林待那麼久了，」他對一眼說：「有沒有見過這種病情？」

一眼抽動耳朵。「只不過是患病罷了，」他答覆：「生病是野外生活的一個環節。」

雷霆看得出來清天對一眼的答案並不滿意。他眼神流露驚懼，回望小貓，然後轉頭面向高地貓。「什麼風把你們吹來了？」他喵聲問道。

高影跨步向前。「我們查到有關熾烈之星的線索，」她開始解釋：「它是生長在轟雷路另一頭的一種植物，我們準備採幾株回去，看看它能不能幫助我們理解貓靈的訊息。」

清天氣得鬍鬚顫抖。「你們找到線索，可能查出訊息的涵義，卻不打算跟我說？不是講好不分你我了嗎？不團結就只有滅亡，還記得嗎？」

父親此言一出，雷霆就好生羞愧。他猜到高影也很慚愧。怎麼沒有半隻貓想到要把他們的發現告知清天？

「我們不是有意要瞞你的，」她向清天保證。「只是急過頭了。但你說得對。我們是該一塊兒尋找熾烈之星。」

清天陰沉地點了個頭，黑色母貓的話顯然還是安撫不了他。「花瓣，把小貓帶回營區，」他下令。「一眼，你也回去。」

花瓣轉身，領著小貓鑽回矮樹叢，但一眼仍怒髮衝冠地站在原地。「我也該跟你一起去，」他很堅持。「你不能把我當成愛哭的小貓，隨口把我趕回營區！」

「這裡不需要你，」清天堅守立場。「團體生活就該知道自己的身分地位。這樣聽懂了嗎，一眼？」

雷霆赫然發覺兩隻公貓正面交鋒、情勢緊張，就連空氣都變得凝重。生疥癬的惡棍貓剩下的那隻眼燃燒著恨意；清天嗓音緊繃、姿勢僵硬，雷霆看得出來縱使他展現權威，卻缺乏自信。

然而，清天目光堅定、毫不閃爍，最終一眼還是往營區走了幾步。雷霆希望衝突就此結束，但當他和其他貓轉身離開，一眼突然止步回頭望。

「我真要跟的話，你是攔不住我的，」他嘶聲叫道：「我雖然只剩一隻眼，視線卻無遠弗屆。」

清天還沒來得及回話，一眼就再次掉頭，鑽進矮樹叢。

清天一度啞口無言。後來，高影走到他身邊，用毛皮磨蹭他。「我們該出發了，」她說：「白晝很短。」

她繼續帶路，這群貓朝轟雷路前進。鼠耳走在清天旁邊，雷霆則殿後，與神情依舊不安的礫心作伴。

「你還好嗎？」雷霆輕聲問。

小貓點點頭。「我沒事。只是擔心森林裡發生的事。」

大家都是呀……雷霆暗地想著。

他們沒走幾步路，鼠耳就面向清天。「現在你知道讓一眼加入陣營是個錯誤了吧。」他唐突地說。

清天惡狠狠地瞪他，肩膀的毛開始聳立。「沒這回事，」他反駁道：「一眼雖然固執了點，但這樣的獨行俠本來就要花時間調適，才能融入團體生活。」清天故作自信地補了一句，但雷霆仍從父親眼中看出他沒有把握。「一眼將難能可貴的格鬥技巧傳授給我們，這才是最要緊的。」

一直回頭偷瞄、聆聽對話的高影，流露出心領神會的眼神，但她嘴巴上只說：「別再瞎聊了！想要橫越轟雷路、又要趕在天黑之前回家的話，我們就得加快腳步。」

雷霆已能從森林的各種氣味中聞到怪獸嗆鼻的味道；不久，他們就走出樹林，站在圍繞黑色硬石的狹長草地。一棵枯槁的白蠟樹向草地傾斜，周圍長了一圈有刺灌木。

高影小心翼翼地左顧右盼。「好了，雷霆，」她說：「你先過。」

「慢著！」鼠耳伸出尾巴攔住雷霆。「還沒感受一下轟雷路呢。」

高影困惑地看他一眼。「什麼意思？」

「像這樣。」鼠耳謹慎地將一隻腳踏在黑色石頭上，不斷抽動耳朵。「沒有隆隆響，」他回報。「安全了，大家都可以過了。」

雷霆很訝異，和高影與清天互換一個眼色。「我們應該能從惡棍貓身上學到很多。」清天評論。

「那就上吧，」鼠耳不耐煩地踏腳，催促他們。「怪獸可不會等我們一輩子。」

他毫不遲疑地躍過轟雷路，高影和清天也緊跟在後。雷霆察覺礫心面露恐懼，便用尾尖碰他肩膀，要他放寬心。

「走吧，」他鼓勵小貓。「我們一起過。」

礫心瞪大眼，抬頭望著雷霆。「我沒想到一條轟雷路居然這麼大耶！兩腳獸地盤的路跟它沒得比。」

「這樣你回去就有精采的故事可以跟麻雀毛和梟眼炫耀啦。」雷霆回覆。

小貓深呼吸、向前衝。雷霆與他齊步前進，兩隻貓平安抵達高影和其他貓的身邊。不消一會兒，一隻怪獸呼嘯而過，它那不自然的亮紅色毛皮在豔陽下閃閃發光。

「怪獸能跑這麼快啊？」礫心驚呼道。如今橫越轟雷路的他自豪地挺起胸膛。

「真神奇！」

鼠耳繼續帶路，眾貓離轟雷路愈來愈遠。雷霆開始聞到一股不同的氣息，混雜著爛泥、水氣和滋長豐饒的氣味。他抽動鼻頭。**那一定就是沼澤了。我還是偏愛高地和森林哪！**

最後鼠耳在一個緩坡的坡頂停下腳步，往下走能通往一大片死水，死水中草叢簇簇星羅棋佈。一叢叢的蘆葦嘩啦啦地隨風搖曳。有隻蜻蜓在水面盤旋，牠的身體是散發虹彩的寶藍色。雷霆觀望的同時，發現一隻青蛙撲通一聲從堤岸躍進水中；牠消失的水面漾起陣陣漣漪。

高影也眺望這片沼澤，看得忘我失神。她的喉嚨發出微弱的呼嚕聲。鼠耳得戳她一下，才喚回她的注意力。

「我們要找的就是這個。」他對她說，並用腳掌指向再往上坡走一點點的位置。

雷霆興沖沖地加入高影和清天，圍在那株植物旁邊。「哦……就是這個？」他略顯失望地說。

熾烈之星的尺寸比他預期的小，葉片有如尖釘一般，黃花是分散的五片花瓣。看起來無足輕重，似乎不是貓靈謎題的解題。

「只不過是一朵形狀像星星的黃色小花嘛。」高影咕噥道。

「看起來像伸出爪子的腳掌，」清天有此評論，並伸出自己的腳掌示範。「或許貓靈想傳達的是我們必須打仗。捍衛領土，抵禦……」

他的見解沒有結論。

「抵禦誰？」鼠耳問道，他挑戰的語氣引起每隻貓兒的目光。

高影搖搖頭。「貓靈並不想要我們重啟戰火。祂們說我們應該效法熾烈之星，成長茁壯、開枝散葉。」她思忖片刻，接著補充道：「這些花兒全都向陽光那頭生長。或許這意味著我們該跟著陽光走。再次遷徙——追隨太陽，比以往追得更深更遠。」

「不，」清天揮了一下尾巴，否決這個可能。「我們已經歷過跋山涉水的旅程。我相信這裡就是我們安身立命的所在。」

雷霆凝望這朵小花，陷入沉思，等待靈感閃過腦海。**貓靈們為什麼不講清楚一點？**

「雷霆，你認為呢？」清天問他。

雷霆無法否認胸口湧現一股竊喜的泉源，好似岩石間冒泡湧出的溪流。**父親在徵詢我的意見！終於等到這一天了！**

「我不曉得。」他答道。雷霆仍舊無法自拔地盯著那朵花。**花瓣從中心散開，每一片都指向不同的方向……**

雷霆繼續默想的同時，赫然想起礫心也在這兒。小貓太靜默嚴肅，因此很容易忘記他的存在。「你有沒有什麼想法？」他轉身面向礫心問道。

小公貓的目光在花上多流連一秒，然後退開。「我——我不知道，」他結結巴巴地說。他不肯正視雷霆的眼神，所以雷霆猜他沒全盤供出。「我覺得事情要有變化了。」礫心又很小聲地補了一句。

高影的鬍鬚往下垂。「該回去了，」她說：「太陽就快下山了。」她低頭咬斷一根長了兩三朵花的葉柄。「我要帶它回去，看其他貓有沒有什麼靈感。」

清天認同地點了個頭。「我也要帶一些走。」他咬斷一根葉柄，頓了一下，隨後再咬一根。「這根帶給河波。」他補充說明。

我早該想到的！雷霆很氣自己。**要是忘了跟清天或河波報告重要事項，團結一致就只淪為一句口號。**

清天帶頭，率領巡邏隊走回轟雷路。這次他們都沒有貿然前進，讓鼠耳先把腳掌伸到漆黑的路面。

「最好再等等，」他警告大家。「有怪獸要來了。」

雷霆在轟雷路上東張西望，卻絲毫沒有察覺怪獸的蹤跡。**不曉得這是不是惡棍貓怪力亂神的迷信？**

他在等待的同時，發現高影回望著沼澤，眼神若有所思。「高影，妳沒事吧？」他問道。

黑色母貓一臉驚恐，活像被雷霆逮到她做錯事似的。

「妳在看什麼？」他問道。

高影又回眸瞥了沼澤一眼，開心地捲起尾巴。「這裡好美啊。」她呼嚕嚕地說。

美？蜜蜂鑽進她腦袋了嗎？

高影的這番評論，讓雷霆聽了不太舒服，卻又說不上來為什麼。他偷瞄礫心一眼，想看他有什麼想法，但這隻小貓同樣不肯正視他的目光。

遠方一聲轟隆在瞬間變得響亮，轉移了雷霆的注意力。向轟雷路望去，只見一隻有如龐然大物的怪獸，移動牠那巨大的黑爪向他們逼近。牠移動時喀嚓喀嚓、隆隆作響，彷彿他的骨頭也隨著震搖；疾風撲打他們的毛髮，幾乎要將他們整個刮跑。

雷霆佩服地瞄了鼠耳一眼。**說到底，他沒有那麼怪力亂神。**

怪獸一走，鼠耳再次測試路面，接著滿意地點了個頭。「可以過了，」他說：「安全了。」

五隻貓全都疾速穿越轟雷路。等大夥兒抵達路的彼端，清天便向高地貓點頭致意。「那就先這樣了，」他客氣地說：「假如我們對熾烈之星有任何想法，一定會通知你們。」

雷霆目送父親隱沒在樹林之中，扯開嗓門向他道別，然後跟著高影往營區走，準備打道回府。礫心漸漸體力不支，落在隊伍後方。

幾隻貓橫越高地，鼠耳的話一直在雷霆的心頭縈繞。

安全了。但又能安全多久？

豔陽高照，但風兒呼嘯穿林打葉，捲起清天周圍的枯葉。他坐在林間空地的小丘上，監視著一眼和湯姆。他倆召集了幾隻貓，訓練他們的作戰技巧。

「快水，妳睡著啦？」前任惡棍貓吼道：「還有你，葉青？動作跟快死掉的蝸牛一樣慢！」

清天看見可憐的葉青被他耙了一下耳朵，不禁暗忖：**一眼真嚴厲。但他真的很能打！**

清天和一眼再也沒提過先前在雷霆和高影面前起的那場爭執。老實說，這隻惡棍貓到底有沒有跟蹤他，穿越轟雷路找熾烈之星，清天也不是很清楚。**沒看見他跟來的行蹤**，清天試圖安慰自己。**但就算他跟來，我也不意外**。一眼挑戰權威的言行依舊令他怨恨難消，但他不斷拿他向鼠耳說過的話自我催眠：一眼當了一輩子的惡棍貓，勢必得花點時間學習團體生活的規矩。發生小衝突、起口角乃在所難免。**不過，要是這種戲碼再次上演……**

清天專心觀察操練，他知道這個事實不容爭辯：一眼的招式很不光明正大，他的技巧和花招都是清天做夢也想不到的。湯姆也逐漸褪去寵物貓的嬌弱，學習用利爪出擊。撇開他寵物貓的身分不講，湯姆滿腦子都是擊敗對手的欺敵詐術。

「看我這招，」一眼面對荊棘，對她說。「打鬥就是要取勝，對吧？為了取勝，就得轉移敵人的注意力。荊棘，我要向妳撲過去囉。快把我趕跑！」

荊棘發出兇猛的嚎叫，準備迎戰。一眼蜷伏在地，再往前飛撲，一副鎖定荊棘咽喉的樣子。荊棘出於本能，舉起腳掌要將他擊退。一眼如色彩斑斕的蛇，敏捷地鑽到荊棘腿底下，先將她推倒，再用腳掌抓耙她柔軟的肚子。然後，他退開等待這隻倉皇失措的母貓重新起身。

「假如我剛才利爪出鞘，」一眼厲聲說：「妳早就肚破腸流了。」

荊棘擺明了不知該如何回應。一眼樂得哼鼻息。「下回妳就知道該怎麼反應了。」

荊棘點點頭，其他觀戰的貓兒也緊張兮兮地喵喵笑。

清天心滿意足地抽動一下尾巴。一眼和湯姆正將其他團體不會的奇招傳授給他的族貓。他明白：**總有一天會派上用場的**。族貓沒有一隻能參透熾烈之星的涵義；對他們而言，未來一如以往的黑暗。但無論往後的季節會迎來什麼挑戰，技藝精良的戰士將能拯救貓的性命。**但不是上戰場**，他提醒自己，腥風血雨的慘痛回憶令他微微作嘔。**除非我們別無選擇**。

「那隱藏的武器呢？」湯姆走到一眼身邊提問。

前任惡棍貓轉向他，情緒高昂地揮了一下尾巴。「對，好主意！在這樣的森林，貓兒不用單純倚賴爪子和牙齒。有好多能施加痛苦的玩意兒，我們能就地取材。湯姆，去找個稜角鋒利的石頭。」

湯姆旋即轉身，奔進樹林，尾巴在他的身後飄動。

清天好生佩服。**我從沒想過運用石頭作戰**。

「好了。」一眼轉身面向其他貓兒。「兩兩一組，我要看你們練習虛擊喉頭。集中精神加速。不要伸爪子……暫時不要。」

但操練還沒開始，有隻小貓便從林間空地邊緣的矮樹叢鑽出來，奔向這群貓。清天嚇了一跳，盯著這隻玳瑁色的小貓看，這才認出她是麻雀毛，也就是龜尾生的其中一隻小貓，目前交由灰翅養育。她長大了。他第一次是在森林大火後灰翅的營區裡見到她。**上次見她，是她被湯姆擄走的時候。**他又默默補了這個念頭，仍舊為當初沒認出她而自責。

「你們在練習格鬥啊？」她啪嗒啪嗒地走向一眼，興致勃勃地問：「我是來找湯姆的——你知道的，他是我爸。他剛剛還在這兒的……跑哪兒去了？」她沒得到回應，又接著說：「我可以跟你們一起練嗎？我打起來很厲害喲，但總是有更多要學的，對吧？」

一眼毫無預警地衝到麻雀毛面前，伸腳掌抵著她的額頭。

「哎喲！」麻雀毛哭號著說：「你怎麼可以伸爪子！」

一眼依舊沒有退讓。「我不認識妳，」他對她低沉地嚎叫：「所以妳是我的敵人。」

「我才不是！」麻雀毛抗議道。「湯姆是我爸。麻煩你把爪子縮起來好嗎？你弄痛我了啦。」

「如果妳真的那麼愛妳爸，」一眼鎮靜地回覆：「那就應該過來，加入他所在的陣營，不是嗎？在妳投誠之前，只是個外族貓。」

清天在小丘上挪移身子的重心，疑惑與不安令他皮毛隱隱刺痛。貓靈曾對他們說：**不團結就只有滅亡。**

他暗忖道：**我們再也不該為了領土劍拔弩張**。但在某種程度上，他又換個角度想。一眼說得對。森林貓和高地貓會分成兩派，也是有原因的。**我們為什麼要和其他陣營分享作戰技巧？天曉得下一個敵人會是誰？**

他瞇起眼，重新在小丘上坐好，看這場衝突會怎麼演變。

麻雀毛氣得毛髮倒豎，她弓起了背。「你休想阻止我見我爸，」她說：「沒等到他回來，我是不會走的！」她伸爪子要耙一眼的鼻子。

一眼輕鬆閃過她的揮擊。「妳要嘛離開，要嘛跟我單挑，」他回嗆小貓：「用實際行動打敗我，證明妳是認真的——如果將我打敗——妳就能留下來。」

「我可是很厲害的戰士呢！」麻雀毛回嘴道：「我常跟兄弟打來打去。」

「我和妳非親非故，」一眼陰鬱地說：「這場決鬥，妳是死是活都與我無關。看妳要走？還是要打？」

清天可以從她聳起的毛髮和抽搐的尾巴，體會她的挫折與猶豫。**我明白她的感受；她不懂成年貓為什麼會對她這麼狠心。**

「好吧，」麻雀毛同意，並勇敢地抬起頭。「如果非得要證明我多想見到爸爸，那我就跟你打吧！」

鬧過頭了吧，清天暗忖。他站起來，清清喉嚨。

一眼轉頭仰望他，陰鬱的意味在他眼底悶燃。「住在團體裡的小貓都被寵得不像話，」他打開話閘子：「野外的小貓從出生起就開始認識現實生活的殘酷。膽敢挑戰對方，就憑真本事拚搏。假如發現貿然激將是不智之舉，那至少也學到教訓。」

清天明白一眼話中的道理。麻雀毛是個不知天高地厚的小丫頭——太過爭強好勝，對她也不好。但他的毛皮依然刺痛，他也不曉得自己為何這麼坐立難安。**上個月在非自願的情況下化干戈為玉帛，是不是把我變得軟弱？還是因為她算是弟弟的孩子，我才想好好保護她？**

最後清天傾向一眼是對的。他之所以讓這隻惡棍貓加入陣營，就是為了他那直率、未經包裝的江湖智慧。**麻雀毛就算被耙了幾下，傷口也遲早會癒合的！**他點了個頭，允許雙方開打。

麻雀毛馬上撲向一眼，朝他耳朵周圍猛揮兩下。清天忍住**喵喵**笑意。**或許由她來挑戰老惡棍貓是對的！也許她是名天生的戰士……**

但在轉瞬間，風雲變色。一眼朝這隻玳瑁色的小貓肩膀揮擊。清天看到鮮血從她劃破的傷口湧出，麻雀毛左搖右晃，最後不支倒地。

一眼朝清天一瞥，對他點了個頭。清天懂他的意思。**他只是給她一個教訓。不會再採取攻勢了。**清天的每根毛髮都在慫恿他躍下小丘、中止打鬥。但他還是強迫自己留在原位。

一眼從小貓面前退了一步，甩了一下尾巴，彷彿在激她起身。麻雀毛勉強站了起來。看得出來她很痛苦，燃著怒火的雙眸卻毫不退卻，依舊死命瞪著惡棍貓。

她就跟她母親一樣，清天一面想，一面回憶龜尾在山上的神態舉止。**堅持到最後一刻……**

小貓發出怒嚎，躍向一眼，爪子插進他的喉頭和後背。她不顧兩條後腿幾乎都要離地，硬是往他皮毛用力一咬，胡亂地抓耙他僅存的那隻眼。「我要見我爸！」她哭號著說。

清天可以從惡棍貓逐漸僵硬的四肢和豎直的毛髮看出變化，但他自己的腳好像在丘頂凍住，彷彿眼前看見的只是某段惡夢。

一眼不費吹灰之力就把小貓從背上甩開，接著往她身上一撲。他把尖牙插進她的脅腹，然後頭一扭，撕裂她的皮肉。麻雀毛嚎啕大哭，她那柔軟的小腳無力地撲打攻擊者。一眼無情地把她壓在地上，伸利爪撕扯她腹部的白毛。

其他貓兒呆站著觀戰，雖然驚恐地瞪大眼，卻顯然沒勇氣插手，畢竟打鬥經過領袖的首肯。橡毛和快水表情格外痛苦，兩隻母貓對清天流露懇求的目光。

激烈的攻勢令清天大為震驚，他這才發覺惡棍貓打算取小貓性命，就此給她一個教訓。**而我居然縱容這種事情發生！**

最後他迫使腳掌移動，縱身躍下小丘，疾馳穿過林間空地。「住手！」他嚎叫道。

一眼抬起頭，外露的尖牙沾著麻雀毛的鮮血，他一隻腳掌仍壓著她微微抽搐的身體。既驚又恐的清天發現為時已晚。他將趕不及在一眼發動致命一擊前把麻雀毛救走。

但說時遲那時快，一團模糊的橘毛飛出樹林，撲到一眼身上，把他撞飛幾步遠，又將利爪伸進他頭顱側面。一眼尖叫，表示抗議。

湯姆！清天認出這隻前任寵物貓，頓時如釋重負。

「放開她！」湯姆咆哮著說，張牙舞爪地攻擊一眼。「她是我的小孩！」

兩隻貓一同在地面翻滾，腳爪鎖緊彼此的身體，嘴巴互咬對方。

清天無暇多看他們一眼。他在麻雀毛身旁駐足，只見她血流不止，倒臥在一眼扔下她的草地。他的腹部隨著呼吸急劇起伏，震驚與悲憫在心頭交織。這隻玳瑁色的小貓已失去意識，胸口略有動靜，證明她一息尚存。脅腹和腹部的傷口皆很嚴重。

多麼無助的小貓！清天往死胡同裡鑽，內疚如狂風暴雨向他襲捲而來。**我到底在想什麼？**

他絕望地轉向依舊隔岸觀火、嚇得呆若木雞的貓兒。「快來幫忙，」他嗓音顫抖地說：「拜託！拿蜘蛛網來止血。」

眾貓聽了立刻散開，鑽進矮樹叢裡。清天心懷感激、一陣發熱，族貓明知他縱容一場實力懸殊的兩方開打，仍沒有棄他於不顧。但在下一秒，他就把這個感受拋諸腦後。

這不重要。當務之急是救麻雀毛！

清天隱約意識到湯姆和一眼仍在林間空地的彼端纏鬥，但此時此刻他無暇搭理。所有的精神都放在這隻受傷的小貓身上。

橡毛率先帶了厚厚一坨蜘蛛網返回。她在前任族貓面前彎下腰，從她傷口輕輕舔去鮮血，再以蜘蛛網按壓。鮮血很快浸滿蜘蛛網，但當其他貓帶更多蜘蛛網回來時，傷勢已逐漸受到控制。麻雀毛的呼吸變深，也變得更規律，可是仍舊沒有睜開雙眼。

「她應該沒事了吧？」橡毛焦慮地問。

清天寬慰地舒了一口氣。「但願如此，」他答道：「但我們要把她扛回營區細心照顧。」

這時他察覺湯姆和一眼纏鬥的尖嘯已化為死寂。**很好，打完了**，他心想。**現在可以好好處置他們兩個了⋯⋯**

然而，他望向林間空地的彼端，卻嚇得瞠目結舌。湯姆呈大字型倒臥在地，瞪大的雙眼一動也不動。鮮血在他的毛髮和周圍的草地上凝結成塊。一眼坐在他身旁，冷靜地舔自己的腳掌，清除鬍鬚上的血漬。

「以寵物貓來說，」他說。「他功夫不錯。」

清天聽見其他貓驚懼地倒抽一口氣，感覺全身的血液已在血管內結成冰。

「真是的，」荊棘心煩意亂地嘀咕道：「湯姆不該死得這麼沒尊嚴。」

「他只是為了保護自己的孩子啊。」橡毛輕聲說。

清天用盡全身的力氣，振作起來、抖一抖毛。「趕快把麻雀毛扛回營區，」他下令。「像待親生兒女那般對她。你們其中一隻打頭陣，先跑回去交代花瓣用苔蘚做個柔軟的窩。」

橡毛接完指令立刻跑開，荊棘和葉青則輕輕抬起麻雀毛的身體，動作十分謹慎，以免動到傷口上的蜘蛛網。他們走進樹林之際，快水快步趕到他們前面，小心翼翼地將樹枝和有刺灌木的卷鬚撥開，免得卡到小貓的毛髮。

他們一離開，清天便緩步穿過林間空地，向一眼走去；他仍在整理儀容，目光緊盯著自己的腳掌。

清天在距離惡棍貓幾步遠的地方止步，後來才發現他不曉得該說什麼好。「那個……」他欲言又止。

一眼抬頭看他，嘴巴周圍沾染的鮮血正在變乾，那個部位的毛髮因而變得尖突。「愚蠢的寵物貓，」他用粗嘎的嗓音說，語氣裡盡是不屑。「他早該知道挑戰我是不智之舉。我殺過的敵手要比他強多了。」

「像是小貓嗎？」清天問他，他無法找到夠強烈的詞彙，來表達他對惡棍貓的嫌惡。「你為了好玩而大卸八塊的無助小貓？」

一眼輕蔑地撣了一下尾巴。「那隻小貓太不知天高地厚了，」他說。「不知道什麼時候該退讓。現在她學到寶貴的一課了。」

清天亮出利爪，前腳朝一眼的頭顱側面揮擊。惡棍貓毫不費力地閃過攻勢，嘲弄地瞥了清天一眼。

「你不能阻止我捍衛自身的榮譽，」他對清天說：「這就是現實世界運作的方式。」

榮譽？清天暗忖。**這隻貓哪有榮譽心可言？**

他再次攻擊一眼，但惡棍貓如先前那次輕鬆閃避。「我們這裡可是講規矩的！」清天齜牙咧嘴地說。

「你所謂的規矩是個笑話，」一眼回吼道：「『貓』不為己，天誅地滅。戴上互敬互愛的假面具，大家只會頭痛……和生病。」

清天不安地怦然心跳。**生病？**「你對生病有多少了解？」他質問道。

一眼照樣輕蔑地撣一下尾巴。

「那隻鳥病得很重，」清天繼續說，他的憂慮隨著每下心跳而俱增。「你是不是沒把知道的全盤托出？」

「我只知道你旗下的貓有些也快嗝屁了。」

他不曉得一眼的話能不能信，但感覺背後的毛髮正在豎起。「哪幾隻？」他質問道。「你怎麼知道的？」

一眼又撣了一下尾巴。「說是可以說，只是我不想說。誰教我只關心自己。」

他獨眼散發的凶光令清天作嘔。一團腥紅色的迷霧頓時籠罩清天的視線。他朝一眼猛撲過去，用兩隻前掌將這隻惡棍貓壓倒在地，同時一口咬住他的喉頭。一眼拚命掙扎，但憤怒賦予清天新的力量。

每個直覺都在慫恿他扯爛這隻惡棍貓的喉嚨，任他的鮮血溢滿草地，但他知道這樣只是將自己拉低到跟他同樣噁心的層級。於是，他往後退，放過一眼。惡棍貓一躍而起，伸腳掌撫平耳朵的毛。

「給我滾，」清天下令，他強迫自己在吐出這些字的時候保持語調平穩。「不准回來。否則我會把你親手殺了。」

一眼瞪他的同時，清天才發現有件關於惡棍貓的事已困擾他許久。他的眼眸不帶表情，只有一點邪惡黃光。

「你會把我殺了，是吧？」惡棍貓問他：「真的那麼帶種？」

清天感覺血液在耳裡捶擂，他繃緊神經、準備奮戰。但一眼只是轉過身，步向林間空地的邊緣，然後邁進樹林。

清天深呼吸。一眼走了——好像把我的榮譽也全都帶走。他發覺其實他早該在一眼當著高影和雷霆的面挑戰他時，就馬上把他逐出陣營。**我該怎麼向族貓解釋發生了什麼事？**

清天闔上眼，準備陷入絕望。但是下一秒，他就感覺背後遭到重擊，發出一聲驚嚎。利爪伸進他的後背，一眼使出蛇型拳，繞過清天的頸部，瞄準他的眼睛。

這是湯姆發明的招式！清天一面回想，一面瘋了似地掙扎，企圖甩開一眼。一眼伸利爪耙過他的臉頰，使他整張臉刺痛難耐。

清天索性身子放鬆、頹然倒地；他身子一翻，把一眼壓在底下。接著不斷蠕動，朝惡棍貓的肩膀揮爪，掙脫他的束縛。清天氣喘吁吁地躍起。

「你會把我殺了，是吧？」一眼起身與他面對面，對他冷嘲熱諷：「你會殺了我？

假如我那麼好殺，早就活不過童年了。」他狠嗆清天，用尾巴指著他臉上的傷疤。「這道傷給你留作紀念。」他怒嚎道。

惡棍貓潛入森林，清天則感到自己的腿在發抖。他頹倒在地，大口吸氣。他覺得自己被徹底擊潰，再也沒有東山再起的一天。

我犯了一個天大的錯誤……

第十一章

灰翅醒來，對湧入寢室的日光眨眨眼。與他同住的小貓如今已不見蹤影，睡過的床都冷冰冰的。**他們上哪兒去了？**他很納悶，勉強起身，盡量不去理會疼痛的關節。**希望他們沒惹麻煩上身。**他永遠也忘不了湯姆是怎麼把小貓擄走，龜尾外出尋找子女，又是怎麼遭遇不測。**如今湯姆又在森林出沒了……**

灰翅步出寢室，驚覺早已日正當中；天氣乾爽，微風中捎來一絲冰霜的寒意。高影一如往常，坐在岩石上守望。閃電尾和碎冰剛打完獵回家，嘴裡各銜了一隻兔子，三位新成員正在林間空地的中央練狩獵招式。

我一定又晚起了，灰翅暗中自責，回憶過去，他總是第一個起床的。

一聲刺耳的嚎叫將灰翅從回憶中抽離。**是風奔！**

灰翅憂心忡忡，皮毛有如針扎刺痛。他往風奔的寢室張望，只見好幾隻貓擠在她的寢室門前。他的恐懼加深、心跳如捶擂，朝那頭直奔而去。

他從鋸峰和斑皮中間擠進去，看見風奔的小貓晨鬚側躺在寢室內，她的肚子腫得厲害。鮮血從她的嘴裡和毛髮下的潰瘍滲出。灰翅感到一陣反胃，同時心底也湧上深切的悲憫。

她染病了。

「教我怎麼受得了啊！」風奔抽噎道。她距離孩子有兩隻狐狸身長那麼遠，要靠金雀毛的攙扶才能勉強站著。「我不能再失去另一個孩子了！為什麼生病的不是我？」

然後灰翅瞧見礫心溜進門，來到晨鬚身旁，在她面前彎下腰，張嘴將一些嚼爛的藥草塞進小病貓的口中。晨鬚的同胞手足蛾飛和塵鼻都在母親身旁焦慮地觀看。

灰翅出於本能地衝向前，把礫心從垂死掙扎的小貓面前撞開，硬是將他轉過身與他面對面。「你在幹嘛？」他怒氣沖沖地質問：「離那隻小貓遠一點！她都快死了！」

礫心將那團嚼爛的葉子小心翼翼地放下。「我知道，」他答道：「我在幫忙治病。雲點說艾菊——」

「雲點上哪兒去了？」灰翅打斷他的話。「應該由他來治病的，不該派像你年紀這麼小的貓上前線。」

礫心用臉頰親暱地磨蹭灰翅的肩膀。「雲點出去採藥草了。我們一直在消耗艾菊，幾乎要沒有庫存了。現在供不應求，所以雲點留我在這裡照顧病患。」

灰翅闔上眼，覺得自己像個徹頭徹尾的鼠腦袋。「哦……」他咕噥道。直覺仍然對他疾呼，要礫心離那隻病貓遠一點，他知道可憐的小晨鬚已沒有其他希望。**礫心與眾不同**，他提醒自己。**他有自己的一條路要走。**

「我要餵晨鬚吃艾菊，」礫心邊說邊拾起那團嚼爛的藥草，輕輕塞進她的嘴裡。「別擔心。雲點交代我千萬要小心，不能碰到她潰瘍的傷口，也不能讓她的氣呼到我身上。」

灰翅從旁觀看的同時，梟眼溜到他身旁，與他互碰鼻頭。「晨鬚不會有事的，對不對？」他心急如焚地說。

灰翅長嘆一聲：「我不知道。」**這些日子有太多事情我沒把握……**

灰翅走到金雀毛和風奔面前，把尾巴搭在心亂如麻的母貓背上安慰她。「晨鬚不會有事的，」他對她說，但自欺欺人的話連他自己也聽不進去。「千萬不能喪失希望。」

風奔不再哀嚎。她跌坐地上。「你說得容易，」她啜泣著說：「你的孩子全都活得好好的。」

灰翅用腳掌搭著她的肩。「我的孩子雖然都活著，」他溫柔地說：「我的伴侶卻走了，我跟妳一樣嚐過悲痛的滋味。妳不能被苦難擊倒。還有其他孩子需要妳，妳一定要專心照顧他們。」

風奔眨眨眼、別過目光，身子依舊不停顫抖，但金雀毛對灰翅感激地點了個頭。「還不曉得未來會發生什麼事呢。」他對伴侶低語。

灰翅踱步離開，身後是兩隻悲痛的貓。直到這時，他才赫然發現他自己的小貓有隻還下落未明。他召喚梟眼，問他：「麻雀毛呢？」

「她去找我們的爸爸了。」梟眼答覆。

聽見其中一個孩子稱湯姆為爸爸，灰翅試圖掩飾心頭的傷痛，卻還是忍不住身子一縮。**縱使他確實是小貓們的生父……**「等等，」他說：「她怎麼沒跟我說一聲就跑去森林了？」

梟眼用前爪亂耙地，不敢正視灰翅的目光。「鋸峰說沒關係。反正我們已經是同一個大家庭了，不是嗎？」

「應該吧。」灰翅答覆。他臉部肌肉抽搐，因為規矩是什麼，他再也分不清了。他不由自主地回想湯姆過去背信忘義的行徑——把小貓擄走。龜尾不得善終或許也和他有關。

「不行，這樣不行！」他一邊咆哮，一邊胡亂張望。光是想像湯姆可能會怎麼殘害麻雀毛，或小貓少了他和手足的陪伴，獨自上森林，可能會遭遇其他什麼危險。**狐狸、狗、兩腳獸……這些她都有可能遇上！**「我們得組個搜查隊。一定要把她找回來。」

他瞧見鋸峰，只見他正與冬青和其他新成員一同操練；灰翅一揮尾巴，下指令般地叫他過來。

「怎麼了？」鋸峰一邊問，一邊跛行而來。

「我的小貓麻雀毛去找湯姆那隻寵物貓，梟眼說是你放行的！」

鋸峰詫異地瞪大眼。「對，是我放行的。有什麼問題嗎？」

「**問題？**」灰翅震驚不已。「你居然放她走？她只是隻小貓欸！」

鋸峰露出不自在的神情。「對不起。我以為這沒什麼。畢竟他是他們的生父。況且，她也不是剛出生的小貓了。」

灰翅必須承認弟弟說得沒錯。小貓們都漸漸長大了。**而麻雀毛和她母親一樣，很清楚自己要的是什麼。**

灰翅再三思量鋸峰剛說的話，心兒不斷怦然捶擂。**聽起來蠻有道理的**，他暗忖道。**只不過……**「他們已經失去母親了，」他喵聲說：「我是他們僅有的一切。說什麼也要保護她啊。」

鋸峰抽動鬍鬚，表示他可以理解。「沒錯，」他溫柔地回答：「但是這幾隻小貓都快長大了，再也不像從前那樣嬌弱了。他們年紀大到可以自己做決定，而且三個都想和湯姆一起操練。」

灰翅搖搖頭。「可是，萬一……萬一……」

「萬一什麼？」鋸峰的碧眼閃現一抹興味。「你沒辦法保護他們一輩子。灰翅，無論你有多努力，都沒辦法保護任何貓一生一世。這也是我必須學習的一課。」

灰翅望著他，不曉得這隻青年貓指的是不是自己對他的方式。**沒錯。我總是想要保護他。但那又造成什麼傷害了？**

然後他別過頭，弟弟說的話，現在他才漸漸消化。「什麼意思？」他問道：「你必須學習的一課？」

鋸峰湊到灰翅身旁，興奮地抽動鬍鬚。「我有件消息要說，」他向他宣布：「希望你是第一個知道的。雖然現在公佈還嫌太早，但是我再也忍不住了。我要當爸爸了！很快就要有自己的小孩了！」

灰翅倒退一步，目不轉睛地望著他。在他心裡，鋸峰還是那隻從山林洞穴逃跑、在旅程中需要別人照顧的小小貓。如今居然要有自己的小孩了！

「和冬青生的？」他問道。

「對，不是冬青還有誰？」鋸峰答覆。「我們彼此相愛。我從沒對誰有這麼深的愛意，」他靦腆地承認。「她激勵了我，我們也會提醒對方，隨時保持警覺。我只希望我能當個好父親，就像你對龜尾的孩子那樣。」

灰翅幾乎沒把那最後幾個字聽起去。他只是凝視著鋸峰，發覺從他們下山以來，弟弟從未像此時此刻這麼開心。他的毛髮閃閃發亮，目光炯炯有神，好像連腳也不跛了。彷彿重拾了跌落樹梢前的自信。

我答應靜雨要好好照顧鋸峰，他哀思道。**我也盡了全力信守承諾。但過度保護他，是否阻礙了他的成長？**

灰翅陷入沉思之際，雷霆高視闊步地走進營區，雲點也緊跟在後。他倆都銜著藥草。灰翅抬頭，想起礫心跟他說過雲點外出採藥，但他沒發現雷霆也跟著去了。

發生了這麼多事，我都在沉睡，也沒有貓想過要把我叫醒。

雷霆和雲點蹦蹦跳跳地橫越高地，把藥草帶去風奔的寢室。雲點留下檢查晨鬚的病情，雷霆則走回營區中央，朝四周張望。「大家都到守望岩集合，」他對同胞說：「我有事要宣布。」

灰翅跟著他，坐在岩石底部。其他貓陸續集合，雷霆跳上岩石，到高影身邊，等大家都到齊。

「大家務必對這種傳染病提高警覺，」等同胞準備就緒，他便即刻發言。只見他眼泛哀愁。「從現在起，誰都不准碰晨鬚，除了雲點和礫心例外——對，風奔，就連妳和金雀毛也不行碰。」他看見棕色母貓張嘴準備抗議，於是又補了一句。

風奔流露違抗的目光，抬頭望雷霆；灰翅對她的哀痛和憤懣感同身受。但金雀毛用尾尖輕碰她的肩膀，在她耳畔喃喃低語。風奔這才勉為其難地點了個頭，身子好像也沒那麼緊繃了。

「大家外出狩獵時也要千萬小心，」雷霆繼續往下說：「不要去追疑似染病動物的獵物。寧可挨餓，也不要把傳染病帶回營區！」雷霆見貓兒開始交頭接耳、竊竊私語，便點點頭，加了一句：「就這樣。」隨後躍下岩石。

灰翅與他四目相交，把他叫到一旁去。「晨鬚是什麼時候生病的？」他問道。

「月高時分剛過時病的，」雷霆答覆。「灰翅，當時你睡得很熟，所以沒有貓敢驚動你。但你聽我說，」他愁容滿面地往下說：「雲點從沒見過這種傳染病。目前我們沒有解藥。我很擔心風奔——她還沒從第一個孩子夭折的悲劇走出來。你覺得我該怎麼做？」

給她點時間吧。灰翅張嘴準備回應，卻驚覺這是個天大的錯。雷霆應該搞懂自己想要怎麼做，而非徵詢其他貓的意見。「呃……我大概是你最不該問的對象，」他結結巴巴地說。「我也還沒走出來。」

雷霆用尾巴拂掠灰翅的脅腹。「我也想念龜尾。」他呢喃道，然後走去檢查晨鬚的病情。

灰翅目送他離開，感到皮毛刺痛不已，活像有一整窩的螞蟻在毛裡亂鑽。**假如我留在雷霆的營區，只要他拿不定主意，就找我當軍師，這樣我是不是也阻礙他當領袖？**

灰翅嘆了口氣，背對那群再次聚集在風奔寢室門前的貓。他心裡有數，晨鬚的病他幫不上忙，他也不想打擾那哀傷的一家子。過了一會兒，他步上斜坡，離開高地，考慮外出狩獵。

但一到營區邊境，灰翅就止步不前。他在遠方瞧見一隻貓朝他直奔而來。貓兒在高地疾馳，腹部拂掠青草，尾巴在身後飄蕩。灰翅看見他被一簇草叢絆倒，滾了幾圈又繼續跑。情況顯然十萬火急。

只有風奔能跑這麼快……但他又不是風奔。

那隻貓漸漸逼近，灰翅這才發現他又髒又亂，毛髮纏結、滿是塵垢。儘管速度疾如風，卻是瘸著一條腿，好像剛打完一場惡戰。

認出對方的剎那，灰翅活像被澆了一身冰水。

是清天！

第十二章

灰翅在高地上躍出幾步，與哥哥相會。只見他頹倒在地，上氣不接下氣。他的臉頰有幾道刮傷，血乾掉之後的毛髮變得尖突。清天努力喘氣的同時，灰翅陷入深思，這種感覺好奇怪，從那場森林大火起，一直受呼吸所苦的他，此刻竟然要等他身強體壯的哥哥歇口氣、把話慢慢講。

他怎麼了？

清天仰望灰翅，雙眸寫滿了悲痛。「我犯了一個天大的錯誤！」他氣喘吁吁地說：「我不該……我不敢相信……」

「有話快說！」某隻貓在灰翅身後劈頭就嗆，把他嚇了一跳。轉身一看，只見鋸峰步出高地，身後跟著冬青。「你想跟我們說什麼？」

灰翅頓時起了不祥的預感，宛若烏雲密佈，預告暴風雨即將來襲。他仍能聽見營區彼端傳來風奔的輕聲嗚咽。

「那是什麼？」清天問道。他坐直身子，耳朵往聲源轉向。「怎麼了？」

「是風奔，」灰翅向他解釋。「她的孩子晨鬚病得很重。」

清天雙肩一垂。「那我接下來要說的，無疑是雪上加霜。光是現在就夠你們煩的了。」

灰翅備感憂慮，爪子插進草地中。「你直說吧。」他用粗嘎的嗓門說。

「麻雀毛出事了，」清天像是受嚴刑拷打，不得不說。灰翅心一揪。**我的孩子怎麼**

了？「一眼攻擊她，湯姆試圖插手，結果被一眼打死了。」他無助地搖搖頭。「我原以為一眼可以幫助陣營，教我們格鬥招式，提供我們看事情的不同見解——現在我才發現他大有問題。不僅對小貓下毒手，就連理應是他朋友的對象，也慘遭他虐殺。」

灰翅幾乎說不出話來。「麻雀毛……」他哽咽地說：「死了嗎？」

清天搖搖頭。「沒。但她傷得很重。」

灰翅旋即面向鋸峰。他雖眼底流露哀痛，但這哪裡夠？清天捎來的消息令灰翅痛心疾首，所以他也要鋸峰嚐嚐相同的苦楚。

灰翅對冬青抽了一下尾巴，因為她往鋸峰那頭靠近，想要保護他。「這是我們之間的私事，妳不要插手。」他厲聲訓斥。

冬青張嘴想要反駁，不過在重新考慮後改變主意。她探詢地偷瞄鋸峰一眼，只見他默默點了個頭。冬青遲疑片刻，往後退了幾步，走到泥掌和鼠耳身旁；他們聽見騷動聲，所以跑來附近觀望。

「我覺得糟透了。」清天嗓音突變，目光在灰翅和鋸峰間遊移。「都怪我。」

灰翅想讓身子不再顫抖，但這是徒勞無功，想到身負重傷的小貓，他盛怒難消、愁腸百結。他冷冰冰地盯著鋸峰。「不，」他對清天說：「我們的這位弟弟該跟你負同樣大的責任。」

鋸峰向前跛行。「灰翅，對不起，我應該先問過你的。問題是麻雀毛很堅持啊。」他為自己辯駁。

「假如麻雀毛堅持要跳進水勢暴漲的一條河，你也會任她去跳嗎？」灰翅斷聲斥責他：「假如她堅持要吃染病的老鼠，你也會鼓勵她去吃嗎？你這麼有自信，認為自己脫胎換骨，能負起當父親的責任，卻又讓一隻年輕小貓在不受保護的情況下獨自離營。現在她正和死神奮戰！你根本不配當小貓的爸爸！」

聽完這些話，冬青向前一躍，與灰翅鼻對鼻，正面交鋒。「不許你對鋸峰這麼說話！」她咆哮道。

灰翅氣到懶得回她，掉頭面向鋸峰。「你需要伴侶幫你出頭啊？」他嘲弄地說：「希望她生了小貓，不會指望你替她分憂解勞。」

灰翅也聽見自己的口不擇言，羞愧地豎起毛髮，但他在氣頭上，醜話說不完。

突然一掌揮過來，用力擊中他的下頷側面。**鋸峰回擊了！**灰翅被按倒在地，感覺到青年貓毛皮下結實的肌肉。不管鋸峰的腿是否受傷，最近他鍛鍊身體倒頗有成效。

兄弟倆一度在地上纏鬥。後來灰翅感覺有腳爪戳他側身、將他推開，並聽見清天的嗓音：「你們兩個，給我住手！你們覺得打架有幫助嗎？」

灰翅東搖西晃地起身，發現冬青正隔岸觀火，眼底醞釀著酷寒的怒意。「要怎麼做都行，總之把這些事了結就對了，」她斷聲說：「不要再自相殘殺了。還有，你再把自己的痛苦轉嫁給鋸峰試看看！」她說完這些重話後，一轉身就高視闊步地離開。

灰翅目送她離去，羞愧感彷彿從皮毛中流瀉而出。

「她說得對，」清天說：「我不是來看你們打架的。我是來求助的。麻雀毛現在狀況很差，我相信她寧願回家。依我看，該將她送回你們的營區。無論出自什麼原因，一眼都對她懷恨在心，在我能——」

「不要跟我說，在一眼幹了這麼多壞事之後，你還歡迎他待在營區？」灰翅震驚地提問。

「沒這回事！我跟他說，我再也不要看到他那可悲的皮毛。只是……」清天欲言又止，伸利爪抓耙高地粗糙的草地。他只是表情痛苦地凝視地面，過了幾秒鐘才清清喉嚨，繼續往下說：「在我能重新安頓團體的秩序之前，麻雀毛還是回家的好。」

「你的意思是她的生命有危險？」灰翅質問他。他感覺體內的怒潮再次湧現。「因為你沒辦法保證能保護她，不受一眼的威脅？」

無助地聳聳肩是清天唯一的回應。

灰翅這才發覺這是他生平第一次感到瞧不起哥哥。**遇見一隻險惡兇殘的惡棍貓，就屈服在他的淫威之下。**灰翅按捺嘆氣的衝動，心想：**不團結就只有滅亡。這是貓靈交代的話。但祂們沒有提醒我們森林裡有些貓我們永遠不該結盟。如今可憐的麻雀毛為此付出慘痛的代價。**

灰翅把哥哥推開，怒氣沖沖地與他錯身而過，衝回高地。「我要去救我的孩子，」他轉頭對身後咆哮。「我幫忙將她從小拉拔長大，為了紀念她的母親，我絕不允許她遭到這樣的對待。」

灰翅直奔風奔的寢室，在那裡找到礫心；他正在照顧晨鬚，動作依然謹慎，不去碰她潰瘍的傷口，也不吸她呼出的氣。梟眼在一旁觀望，幫忙把艾菊嚼爛。灰翅搖了一下尾巴，把他們叫過去。

「我有件令人難過的消息。麻雀毛受傷了，」他溫柔地解釋給兩隻小貓聽。「現在她在清天的營區。」

灰翅看見兩隻小公貓驚慌失措地互換眼色，便知道還不能將他們生父去世的噩耗告訴這對兄弟。**或許等橫越高地的時候，再私下跟他們說。**「我必須帶她回家，」他繼續說：「你們願不願意一起來幫幫我？她看到你們，病情一定會好轉的。」

梟眼點頭如搗蒜。「灰翅，我當然願意。現在就出發怎麼樣？」

礫心愁眉不展，但令灰翅驚訝的是，他居然什麼話也沒說。

「怎麼了嗎？」灰翅問他。

礫心往背後晨鬚倒臥的位置看過去。「有個聲音要我留在這裡，」最後他坦承道：「這個節骨眼，晨鬚需要我。」

「可是……」灰翅一時詞窮。「你的親生姊姊受了傷，又無依無靠。」

「她是受了傷沒錯，」礫心同意，語氣變得更自信。「但她不是無依無靠。清天的貓會照顧她，你也要過去把她接回高地了。反觀晨鬚……」他又回頭望了小病貓，並壓低音量。「事態真的很嚴重。我心底有強烈的感受，所以不該在這個節骨眼離開。」

灰翅眉頭緊蹙，卻也知道爭辯沒有意義。礫心已拿定主意了。「好吧，如果你非留不可的話，」他答道：「那麼，梟眼，我們走吧。」

灰翅和梟眼一踏出高地，清天便跟上他們的腳步。「我先走一步，把你們要來的消息跟族裡的貓說一聲，」他說。「這樣他們可以開始幫麻雀毛做行前準備，讓她和你們一道回家。」

灰翅點了個頭，看見清天疾馳而去，心頭如釋重負。他希望自己有朝一日能原諒哥哥；但是此時此刻，他甚至不確定想不想再多看哥哥一眼。

「麻雀毛為什麼這麼想見湯姆啊？」兩隻貓一同往高地出發，他藉機開了話匣子問梟眼。

梟眼面露不安。「我們一直對爸爸很好奇，」最後他悠悠吐了這幾個字。「光認識一方的血親，心裡總有個缺憾，更何況媽媽又走了，我們感覺自己好像孤兒。」

灰翅覺得自己的心好似冰天雪地裡的枯木崩裂開來。**難道我把小貓當作親生骨肉，全心付出父愛，這些全都不算數？**

他不用說話。梟眼光是看他一下，似乎立刻發現自己說錯話了。「哦，不過，灰翅你要知道，我們都很愛你！」當他瞧見年長貓哀傷的神情，瞪大的雙眼寫滿無盡的愧疚。「而且會永遠愛你。只不過……只是……」

這些話宛若一顆顆的石塊，無法為灰翅帶來一絲一毫的慰藉。「我畢竟不是你們的生父，對吧？」他問道，語氣裡怎麼也擺脫不了苦澀與難堪。

「我們只是想認識……另一個爸爸。跟我們有血緣關係的爸爸。這個要求很過分嗎？」梟眼懇求道。

遺憾的是，確實是過分了。灰翅停下腳步，發現他再也無法對這隻敏感的貓隱瞞真相了。「梟眼，我們先休息一下。有件事我必須跟你說。你的生父——湯姆，已經死了。」

梟眼目不轉睛地望著灰翅，眼神黯然失色、流露驚恐。「不會的！可是——怎麼會呢？」他結結巴巴地說。

「麻雀毛之所以會受傷，是因為一眼攻擊她。湯姆雖然救下她，卻慘死在一眼的魔爪下。」灰翅把尾巴搭在小貓肩上。「我很遺憾。」

梟眼頭一垂。「我沒辦法跟你去了。」

灰翅感覺胸口被捶了一拳。「對不起，我應該早點跟你說的。」

小公貓還是低著頭，顫抖地往下說：「我得回營區了。清天居然把那種貓納入團體，我沒辦法面對他。」

等這隻青年貓終於與他四目相交，灰翅從他的眼神看出悲憤交雜，一想到這些小貓年紀輕輕就已經歷了這麼多生離死別，他的心幾乎都要碎了。

「我明白。」他說。

梟眼一轉身，朝高地的方向走，他弓著背，尾巴也在地上拖曳。漸漸地，他加快腳步，最後狂奔如風，彷彿這樣可以將父親去世的噩耗拋到腦後。

灰翅揪著一顆沉重的心，掉頭走向森林。當他經過邊陲地區的樹下，聽見枯葉被他的腳踩得嘎扎作響，便做好心理建設，面對可能在清天營區見到的景象。

麻雀毛這麼弱小……一眼的利爪又這麼無情……

灰翅最終抵達清天和其族貓住的林間空地，發現清天已在營區的邊緣等他。他的哥哥領他到橡樹底下的一個林蔭處；麻雀毛正在那裡坐直身子小口小口地咬老鼠吃。她的皮毛下有幾處抓痕，還有好幾簇毛都被扯掉了。其中一處仍溼敷厚厚一層蜘蛛網。但她的雙眸已恢復神采，看見灰翅時也試著掙扎起身。

「乖乖坐著別動，」花瓣堅定地對她說，用一隻腳將她輕輕推回苔蘚和蕨類植物做的窩。「妳要好好照顧傷口。」

「沒錯，」快水表示同意。她正在嚼幾片金盞花的葉子，將汁液滴在麻雀毛的抓傷上。「不要動，先等汁液吸收，」她對小貓說：「斑皮說這可以預防傷口感染。」

「謝謝妳們這麼無微不至地照顧她。」灰翅對兩位母貓致謝，並彎下腰與麻雀毛磨蹭鼻頭。

花瓣低著頭，有點難為情。「我對治病的藥草懂得不多，」她說。「但我獨立生活了這麼多個季節，已學會不少求生的本領。」

小公貓白樺銜著一團滴水的苔蘚，啪嗒啪嗒地走過來。「給妳，」他把苔蘚扔在麻雀毛面前，對她說：「妳可以喝個過癮了。」

麻雀毛抬頭看他，感激地眨眨眼。「謝謝。」

「不客氣。我跟赤楊都喜歡營區裡多一隻青年貓作伴。」白樺特別加了一句，對灰翅說。

雖然這些貓對麻雀毛的關懷讓他大受感動，但灰翅還是不想在清天的地盤久留。他環顧四周、凝視樹林深處，想知道會不會瞥見一眼潛伏其中。清天擺明了很擔心那隻惡棍貓會偷溜回來，否則他絕不會叫灰翅來把小貓帶走。

「走吧，麻雀毛，」清天催促她：「該回家了。梟眼和礫心都在等妳了，而且我還有好消息要跟妳說——鋸峰要當爸爸了。」

麻雀毛沒怎麼關心鋸峰的消息。她待在窩裡一動也不動，對白樺一瞥。「我想暫時先待在這裡。」她說。

灰翅抽動一隻耳朵。**什麼？**不過，清天在灰翅靜下心來、釐清思緒前，搶先道出他的心聲。

「妳不想和兄弟還有團體成員待在一起嗎？」清天問道，他顯然和灰翅一樣驚訝。

「能見到他們當然好，可是我喜歡待在這裡，」麻雀毛反駁道：「我覺得待這裡挺好的。」

「妳就是在這裡被攻擊的！」灰翅驚呼道，他慌得肉趾隱隱作痛。

「她不是在**這裡**被攻擊的，」清天指正他。「假如你讓她留下來，我會確保這種事不再發生。」

灰翅多疑地看了哥哥。**是你流星趕月似地穿過高地來見我，深怕一眼會再次找她下手欸！**但他張嘴準備抗議的同時，一聲微弱的痛苦呻吟打斷他的思緒，原來是坐著的麻雀毛正在挪移身子。

白樺立刻到她面前，低頭翻攪窩裡的苔蘚和蕨類植物，把窩弄得舒適一點。她累得眼皮都垂了，打了一個大大的呵欠。

灰翅驚覺**她還很虛弱**。縱使他很想帶小貓回家，但她目前經不起長途跋涉地橫越高地。「好吧。她還是暫時待著不動的好，」他勉為其難地說：「不過，我希望她能快點回家。」

「要不要跟她一塊兒留下來？」清天提議。「這裡很歡迎你。」

「對嘛，留下來，」快水慫恿他。「我幫你做個窩。」

灰翅一度動心。問題是，無論他再怎麼想照護小貓，光是要待在清天營區的這個念頭，就令他毛皮有如針扎。他並不屬於森林。無論灰翅再怎麼質疑哥哥錯估一眼，卻始終相信他對麻雀毛只有好意，只想確保她得到完善的照料。「不了，我得走了。」他嘆息道。

「或許這樣最好，」花瓣輕聲呢喃：「我知道你的族貓需要你。等麻雀毛恢復健康、可以遠行了，我們會跟你說的。」

在此同時，清天已召集了旗下幾隻貓，其中包括橡毛，他緊張地對灰翅點了個頭。「橡毛，由妳負責供應麻雀毛的食物，不能讓她挨餓，」清天下指導棋。「至於快水，妳去找多點金盞花的葉子，等她醒來再敷在她的傷口上。還有，你們每隻貓都要張大眼，」他做結尾。「留意那個誰。」

灰翅知道麻雀毛受到妥善的照護，所以他沒必要在這裡久留。他往後退，從樹林間溜走，儘量不為沒有貓在他背後呼喚挽留這件事感到難過。

灰翅抵達森林邊境時，夕陽西沉，捎來一陣寒風，吹皺了他的毛髮。這股寒意彷彿能穿皮刺骨。

灰翅突然止步。走回高地彷彿是一項艱鉅的工程。他對回家感受不到喜悅。他必須跟鋸峰見面，雖然明知該為自己惡毒的話向弟弟道歉，卻還是難以原諒他讓麻雀毛獨自出門。

花瓣搞錯了，他哀思道。**沒有誰真的需要我。**

灰翅發現他不由自主地沿著森林邊境走到開枝散葉的四喬木下，許多亡友的屍體都埋在樹下。然而如今地面已覆滿枯葉，完全看不出來這裡是片墳場。

灰翅冷得直打哆嗦，卻無法勉強自己離開。他仰望天際，貓靈沒有現身早是預料中的事。但他身後竟在這時傳來講話聲。

「不是叫你離這裡遠一點嗎？」河波踏出矮樹叢，磨蹭灰翅的側身。灰翅大吃一驚，卻也感激朋友濃密的銀毛為他帶來溫暖。「灰翅，這對你沒好處。跟我回我的島嶼吧。」他邀請灰翅。

灰翅驚愕地盯著他。**這隻獨來獨住的獨行貓竟邀我回家？**

河波已漸漸走遠，尾巴高高揚在半空。「怎樣？你到底要不要來？」他問道。

灰翅瞄了墓地最後一眼。「要。」他隨後起身，跟著河波的腳步離開。

第十三章

雷霆站在坑地的緣口遙望高地。夕陽西下，但灰翅至今仍未從森林返家。三天前，梟眼獨自回來，他垂頭喪氣，眼神鬱鬱寡歡。

「你怎麼回來了？」雷霆問他。「你不是要跟灰翅一塊兒接麻雀毛回來嗎？」

「我又不想去了。」梟眼回答，彷彿每個字都是硬從嘴裡擠出來的。

雷霆想問他原因。因為拋下受傷的姊姊不顧，不像是梟眼平時的作風。但這隻青年貓顯然不打算說明緣由，雷霆也知道他沒有理由過問。所以雷霆只是眼睜睜地看著小貓走向鋸峰和冬青那頭，暗自希望他行為異常的原因早日浮上檯面。

但梟眼沒再多說什麼，而且日復一日，仍舊不見灰翅的蹤影。雷霆拜訪過清天，看看灰翅是否待在那裡；但清天唯一知道的是，弟弟在發覺麻雀毛不適合遠行之後就離開營區了。後來，高影派了一組搜查隊尋找灰翅的下落，雷霆也在外出狩獵時尋找這位血親，不過還是沒有貓兒知道灰翅上哪兒去了。梟眼和礫心心急如焚；他們的母親屍骨未寒，如今親如生父的長輩竟也憑空消失。

事有蹊蹺，雷霆揣想著。**我們一定要採取行動**。

他瞥了空蕩蕩的高地最後一眼，然後步入坑地，走向風奔的寢室。晨鬚一如往常躺在窩裡，一動也不動，只有四肢會偶爾抽搐，看起來好像在睡夢中也很痛苦。她的腹部仍舊腫脹，皮膚也開了更多傷口。

礫心蜷在小貓身邊，專心照護她。他面露疲態，眼神絕望。風奔在一條尾巴的距離外坐著，金雀毛在她身旁作伴，另外兩個孩子也依偎著她。

「晨鬚不會有事的。」蛾飛呢喃道，舔了一下媽媽的皮毛聊表安慰。

「對，雲點和礫心會把她醫好的。」塵鼻附和道。

風奔只是搖搖頭。雷霆看得出來，其實她心裡有數孩子們的安慰只是自欺欺人。她起身把脖子往前伸，像是準備要舔晨鬚的耳朵。

「不可以！」礫心縱身躍起、攔住風奔，不讓她再靠近。「妳明明知道在她病好之前是不能碰她的。」

風奔瞪了他一眼，然後轉身，意志消沉地垂著頭。金雀毛磨蹭她的側身，但她看也不看他。

「風奔，我們全都盡——」雷霆見她這麼悲痛，心也跟著揪緊了，想試著對她說些什麼。

「不要煩我！」風奔怒斥。

雷霆知道這裡已無他用武之地。他無法想像她所承受的痛苦，也無法扭轉乾坤。**傳染病讓每隻貓的心都碎了**，他哀思著離開。

高影依舊在守望岩上坐著掃視高地。雷霆躍向岩石，跳到她身邊。「有沒有發現灰翅的蹤跡？」他問道。

黑色母貓搖搖頭。「他早該在幾天前就回來了。上一隻獨自出門的貓，最後沒能活著回來，」她補了一句。「我們有許多親友葬生戰場，又得面對傳染病的肆虐，現在又有隻貓搞失蹤。」她挫折地揮了一下尾巴。「我們到底還會遇上什麼麻煩？」

落日餘暉將高地染成一片腥紅，映出高地與幽暗的森林邊界的空無寂寥。雷霆焦慮地嘆了口氣。

「今晚我來守夜。」高影要他放心。

「光是這樣夠嗎？」雷霆問道。惴惴不安的他，連肉趾都有如針扎。「不然我再出去找他一趟。」

高影搖搖頭。「你自己也說過，現在最要緊的是遠離傳染病。大家都同意啦。一到夜裡，你根本不曉得會遇到什麼動物，很容易就碰到病死的獵物。你呀，還是待在這兒耐心等候的好。」

雷霆儘管有千百個不願意，還是得承認她說得對。他在岩石上坐好，強迫自己放鬆心情，等斜陽隱沒、夜幕低垂，終於打起盹來。夜裡他睡不安穩，貓頭鷹的叫聲和狐狸的吠聲害得他時睡時醒。灰翅遠離家園這事懸在心頭，教他無法熟睡；他意識到這段期間高影一直在他身邊守夜等候，她的雙眸緊盯著地平線。

拂曉溼潤的寒意將雷霆徹底喚醒。他頭頂的星光漸弱，太陽將升起的地平線上露出乳白色的一道光。

雷霆起身伸展發麻的四肢，凝聚在皮毛上的晨露凍得他弓著背打哆嗦。他發現一隻老鼠在岩石底部的草地拖著腳快走，於是隆起肌肉、準備突襲。

但他還沒展開行動，高影就戳了戳他。「有隻貓朝這兒來了！」

雷霆抬頭看，只見地平線上映著一個黑影，正往營區的方向前進。「灰翅！」他由衷感謝地呼喊，從岩石一躍而下，跑到高地迎接他。

不料，跑近了的時候，他才發現來者不是灰翅。**清天！父親想要幹嘛？**

「你知不知道灰翅的下落？」一等清天到聽力所及之範圍，他便質問父親。

清天在他身邊打滑止步。「他離開營區之後，我就沒有他的消息了，」他一臉困惑地回答：「這我不是跟你說了嗎？他還沒回家啊？」

雷霆搖搖頭。「還沒看到他。」

清天很擔心地抽動尾尖。「這個嘛，他絕對——」

「雷霆！清天！」遠方的呼喚打斷了他的話，叫喊的是依舊守著岩石的高影。她甩尾巴向他們示意，隨後躍下岩石，和迎面而來的他們會合。

清天一踏進營區便皺起鼻頭，雷霆知道空氣中瀰漫傳染病濃濃的腐臭味。

「晨鬚的病情是不是沒有好轉？」清天問道。

雷霆搖搖頭。「她大概來日不多了。」他哽咽地說，第一次把這句話說出口令他心如刀割。

他和清天跟著高影走回營區邊界。「你來找我們有什麼事？」她問道。

清天一臉不安，回話時連鬍鬚都跟著顫抖。「傳染病的事我很擔心。先前我窮於應付一眼這個麻煩，如今紛擾平息，我才看清什麼是迫在眉睫的最大難關：快把晨鬚害死的這個傳染病。我擔心其他貓兒暴露在病菌之中，所以一直留心注意，看有沒有貓兒患病的跡象。問題在於，」他坦言：「就算有貓開始呈現病徵，我也不知道該拿他們怎麼辦。」他的視線在雷霆與高影身上來回掃射，又接著說：「我想盡我所能幫忙。畢竟我們同在一條船上。」

雷霆聽了很感動。幾個月之前，清天一副在森林稱王的模樣，只要有貓敢踏進他的領土，肯定要吃苦頭。現在他居然想和睦共處。「此一時，彼一時啊。」他咕噥道。

清天氣得抽動鬍鬚。「我也沒變那麼多啦！」他表示抗議。「我還是從前的我。」

高影目光堅定，意味深長地看他一眼。「這點我從來沒懷疑過。」她說。

清天眨眨眼，喉頭發出粗啞的呼嚕聲。雷霆看得出來高影的話對他意義重大。

「那我們要怎麼阻止病情蔓延？」清天退後一步，乾脆俐落地問。

「只有負責照護的貓才會接近患者，」高影向他解釋。「我們狩獵時也提高警覺，以免把染病的獵物帶回營區。」

「這樣恐怕不夠，」清天發表意見。「我一直在想……森林大火或許不是壞事。烈焰應該已潔淨了土地，所以呢，如果我們需要搬家，被燒焦的那一區或許是個紮營的好地方。」

雷霆對他的意見不甚滿意。「像晨鬚病得這麼重的貓，還要搬家也未免太辛苦了。」

清天不解地看他一眼。「這個嘛，染病的貓就不用搬了，」他說。「不然豈不是把傳染病帶著走。」

雷霆嘆了口氣。**父親還是冷酷無情，本性難移。**

他看得出來高影也對清天的點子興致缺缺。「乾脆大家到四喬木集合，一塊討論好了？」他提議。

清天遲疑片刻，然後點點頭。「我去通知族貓。日落時分如何？」

一等高影同意，清天便三步併作兩步地跑開。雷霆目送他離開，對集會不抱希望。

灰翅到底上哪兒去了？

✦✦✦

接下來的一整天宛如一整季那樣漫長。雷霆離開營區，一部分的理由是狩獵，但主要還是為了尋找失蹤的血親。儘管他狩獵成果豐碩，捕到一隻野兔，卻還是遍尋不著灰翅的下落。

真巴不得今天快點過完，他帶著獵物回家，在心頭揣想。**也許集會上會有貓知道灰翅的行蹤。**

但雷霆一踏進高地，就立刻後悔許下但願時光飛逝的心願。風奔的寢室傳來一聲痛徹心扉的尖叫。雷霆扔下兔子，奔進她的門口，發現晨鬚筆直躺在地上。小貓翻白眼，身旁的地上有磨損的痕跡，彷彿她曾在痙攣的時候耙過地面。往外吐的舌頭腫脹而乾裂。雷霆看在眼裡，心底既悲憫又驚懼。小貓的脊椎痛苦地抽扭最後一下。然後她便一動也不動地躺著。

風奔向她飛奔，但礫心早她一步，衝上前攔住她。

「不要攔我！」風奔咆哮道。

「我不能讓妳碰她，」礫心回話：「很抱歉。但即使是現在，妳仍有被感染的可能。」

「她是我的孩子！」風奔怒嚎，哀痛地沙啞了嗓音。「我不能再失去另一個了！」她怒不可遏，亮出爪子突襲礫心。雷霆撲向前，擋在他倆之間，肩膀攔下這一擊。

「別這樣，」他對風奔說。「礫心只是想幫忙。」

風奔瞪了他一眼，雷霆準備接招，但這隻褐色母貓竟頹倒在地，發出令人心碎的微弱哀號。金雀毛蜷在她身邊舔她耳朵，其他貓也圍上來，獻上無聲的關懷。

最後走上前的是高影；風奔抬起頭，眼神充滿敵意。「不用妳多說！」她劈頭就罵。「我們需要辦一場葬禮。妳的專長就是舉辦告別式，對吧？」

雷霆將尾巴搭在風奔肩上。「高影只是一片好意。」他語氣盡量柔和地對她說。他知道風奔哀慟到失去理智了。

高影對風奔垂頭，眼神寫滿耐性卻無限哀傷。「妳希望我們怎麼做？」她問道。

風奔望著金雀毛好一會兒，接著凝視死去的孩子。「我想讓晨鬚和貓靈長眠，」她氣若游絲地說：「那是她應得的。」

「好，這個想法不錯。」金雀毛贊同道。

「那我們就這麼辦，」高影說。她轉身面前其他貓，接著說：「去找葉子——愈多愈好。不要找乾掉開裂的，找新鮮的，我們要用來裹晨鬚的屍體。」

令雷霆心懷感激的是，他終於能貢獻一己之力了。他和族貓一同奔出高地，朝森林前進。他到了森林邊境，找到許多樹葉，將葉子聚成一捆帶回營區。其他貓也回來了，把樹葉堆在小貓的屍體邊。

「礫心，」高影說：「只有你跟雲點直接接觸過晨鬚。可以請你們用葉子把她裹起來嗎？」

「沒問題，高影。」礫心恭敬地點了個頭。

於是，礫心和雲點在族貓專注的凝視下，銜起一片又一片的樹葉，一層又一層地裹起小貓，最後將她整個身子完全包覆。接著，鼠耳和鋸峰插到他們中間，輕推她裹著葉片的屍體，不辭辛勞地滾過整片高地，一路推至四喬木，其他貓也成群結隊，跟在周圍默默護送。

夕陽西沉，在他們旅途投射長影，雷霆這才驚覺晨鬚在她短暫的一生再也見不到下個早晨。年紀這麼輕就告別塵世，風奔又失去她的親生骨肉，這太不公平了。他的心開始怦然捶擂，他不曉得該怎麼繼續承受這份悲傷。

最後，眾貓抵達戰亡烈士下葬的墳場邊。

「妳希望在哪裡將她安葬？」高影問風奔。「我們不該擾亂主墳。」

風奔的目光落在通往林間空地的斜坡，坡底有一簇金雀花叢。「那裡，」她說。「晨鬚總是喜歡躲在樹叢裡。」

她開始耙樹叢下的泥土。雷霆和其他貓也過來幫忙，很快就掘好一個洞，足以安葬小貓。金雀毛將裹著樹葉的小屍體輕輕推進墓穴，然後幫風奔撥土覆蓋，輕柔地把土拍勻。風奔從金雀花叢折下一根小樹枝，放在墓地上，悲傷地睜大眼。

「我的小傢伙，再見了。」她低語道。

雷霆秉著一顆沉痛的心仰望天空，只見烏雲蔽日。雖然明知時候還早，貓靈不會現身，他還是向祂們許下心願。

「讓風奔的孩子無病無痛，」他呢喃著說。「在星辰間玩耍嬉戲。」

等他低下頭，高影對他讚許地點了個頭。「說得好，」她說。她環視其他貓兒，接著說：「大夥兒待在這兒好了。太陽再過不久就要下山了，到時候我們還得和清天以及他的族貓碰面。」

風奔從孩子的墓地前轉身。「我不留下來了，」她以挑戰的神色對大家說：「我再也無法承受這一切。早知道當初我就繼續當惡棍貓，在高地獨來獨往。如果沒在團體懷孕，或許晨鬚現在還活著。或許這些悲劇一件都不會發生。我……」她嗓音顫抖，費了好大的勁兒才穩住聲音。「無論是外出狩獵還是赴戰場，我從不推辭，如今卻只換得哀痛和心碎。」

雷霆口乾舌燥，頓覺啞口無言。「但妳要去哪兒呢？」

風奔遙望高地。「從哪兒來的，就往哪兒去。我會帶著小貓消失在長草間，你們誰也不必關心我們了。」

「可是我們想要關心啊！」冬青表示抗議。「我也當過惡棍貓，不曉得妳是不是忘了，但那種日子有多苦我可是歷歷在目。風奔，不要拒人於千里之外，尤其妳正經歷這麼難熬的階段。」

「她不會孤單的，」金雀毛邊說邊踏步向前。「有我陪伴她。」

他們一塊兒來的，雷霆暗忖。**如今也要一同離開。**「你確定？」他問道。

但風奔已掉頭奔進樹林，蛾飛和塵鼻緊跟在後。

金雀毛惆悵地望了大家一眼。「別擔心，」他說。「我會照顧他們的。」語畢，他拔腿就跑，緊追伴侶和孩子，最終在大家的視線中消失。

我們會不會再見到風奔和金雀毛呢？雷霆很是納悶。

第十四章

夕陽西下，一道緋紅餘暉從晚霞的間隙斜射而出。這時起了一陣寒風，幾片枯葉旋呀轉地吹到靜候的貓兒身上。

禿葉季就要來了，雷霆暗忖。

接著，他發現沿著坑地邊緣生長的灌木叢有了動靜，下一秒鐘，清天便踏進空地，其餘的族貓也跟著魚貫而出。

「兩位好。」他邊說邊向高影和雷霆點頭致意。

「你好，」高影回應。「大夥兒過去圍著岩石，然後——」

她話還沒說完，灌木叢又傳來窸窣聲。一叢蕨類植物分成兩半，河波從中冒出。

「河波！」雷霆驚呼，見到這隻銀毛公貓他很歡喜。「你怎麼知道我們要集會？」

河波停下來朝自己銀色的胸膛舔了兩下。「我無所不知，」他呼嚕嚕地叫：「你到底什麼時候才會聽懂？我還帶了一個朋友來。」

雷霆喜出望外的是，跟在河波身後鑽出蕨類植物的居然是灰翅。只見他緊張地繃緊身體的每條肌肉，沒和任何貓有目光交集。

雷霆頓覺如釋重負，全身都放鬆了。**灰翅沒事！**他躍向那隻灰色公貓。「灰翅，你上哪兒去了？」他質問道，寬慰與憤怒在他嗓音中交織。「你怎麼可以那樣一聲不響地離開？我們都擔心死你了。」

灰翅還是不願看他。「麻雀毛不想和我回家，」他解釋道：「我沒辦法獨自回坑地面對各位。我——我只是需要獨處一下。」

「是啊，」河波說：「我發現他在墓地邊上發抖，所以把他帶回我的河島。」

「我會暫時住他那裡，」灰翅感激地瞄了銀毛公貓一眼，接著說：「我需要時間思考。」

「思考什麼？」雷霆問他。「你怎麼會有這種想法？灰翅，我們需要你！」

這是灰翅頭一回迎上他的目光。「是嗎？難道你不覺得我很礙事？我沒有在生氣，也沒有任何負面情緒，」他繼續往下說，對雷霆抗議的企圖置之不理。「但我確實覺得自己很礙事。你和高影都是傑出的領袖。光是做決定的就有三隻貓，會不會太『貓』多嘴雜了點？」

「不會，」雷霆回答，他不敢相信灰翅居然會這麼想。「我們一直合作無間！一切都很順利，不是嗎？」

灰翅搖搖頭。「雷霆，你已經能獨當一面了，我不想阻礙你成為明日之星。因此，我必須思考自己的下一步——而我也需要空間好好思考。」

最後雷霆震驚得說不出話來。他發現灰翅無須面對更多異議，神情是多麼自在輕鬆。在他倆能多說什麼之前，高影邁步向前。

「灰翅，我懂你意思，」她厲聲說：「但你有必要那樣消失嗎？大家真的很擔心你——尤其是梟眼和礫心。」

灰翅頭一低。「對不起，」他咕噥著說：「是我目光短淺。下次不會這樣了。」

他們交談的同時，風勢漸強，將最後幾片雲吹走，月光溢滿林間空地，刮起四喬木每片殘餘的樹葉。

清天三步併作兩步地躍向巨石，然後跳上石頂。「大家都圍過來！」他呼喊道：「集會開始。」

貓兒紛紛在岩石底部找位子坐下的同時，雷霆發現有隻貓從矮樹叢悄悄溜出來，坐在離其他貓幾條尾巴遠的一叢蕨類蔭影下。他認得這隻金色虎斑母貓，驚喜地倒抽一口氣；和貓靈第二次碰面後，上前和他攀談的就是她。這時她深綠色的雙眸向他望去，兩隻貓一度四目相交。後來她移開視線，轉而仰望岩石，等清天發言。

寒顫從雷霆的耳朵竄至尾尖。**她是誰？又來這裡做什麼？**思緒接二連三地湧現。**假如一隻陌生的貓可以混進集會，那其他貓或許也能這麼做。**他頓覺脆弱、失去安全感，於是仔細看了林間空地一圈，沒找著一眼的蹤影才鬆了一口氣。

高影躍上岩石，坐在清天身旁。「傳染病襲擊我們的營區，」她開始發言。「風奔的小貓晨鬚今天稍早死了。她的腹部腫脹，皮膚裂開滲血。有沒有誰在別處見過這種疾病？」

「我們也發現一隻老鼠是這樣病死的。」雷霆補充道。

「還有那隻鳥，」清天說。「害你和一眼起衝突的鳥。」

「轟雷路附近也有隻死狐狸，」阿蛇跳起來發言：「牠腹部腫脹、口吐白沫。」

快水點點頭。「我也看見了。還有一隻松鼠，半邊毛都掉光了，全身都是潰瘍。」

「我在河邊也發現一隻死掉的田鼠。」河波亦做出貢獻。

「雲點，你懂藥草，」碎冰打開話閘子。「斑皮，妳也是。你們有沒有見過這種傳染病？」

「是啊，這種病有沒有藥草能醫？」鋸峰問道。

雲點心不甘情不願地起身；雷霆看出他一臉困惑，還沒等他開口，就知道他不會提出什麼有幫助的答案。

「我建議礫心用艾菊治療晨鬚，」他說：「它或許可以減緩病情的惡化，卻沒辦法將她治癒。我很抱歉。」

「河波，那你呢？」高影從岩石頂端俯視這隻銀毛公貓。「遇過這種病嗎？」

河波對她點了個頭。「完全一樣的病我沒碰過；不過，重病我倒是見過。有一年的綠葉季死了好多惡棍貓。看樣子好像跟暑熱有關。」

今年的綠葉季也熱得很，雷霆思忖著。**或許同樣的病菌捲土重來了**。「那你上回是怎麼逃過一劫的？」他問道。

「多數的貓各奔東西，」河波答覆。「有好些惡棍貓我很久都沒見到。等過了綠葉季，我們又陸陸續續聚在一塊兒；到了那時候，疫情似乎已壓下來了。」

「一眼對傳染病好像有點了解，」清天插話。「他對我冷嘲熱諷，卻不肯提供具體的細節，只是說我旗下的貓有些也快嗝屁了。」

「不過，目前病死的只有晨鬚，其他貓都好好的。」橡毛接著說。

「但是一眼不在這裡，沒辦法提供更多詳情。」清天低頭凝視腳掌，難為情地說。

「那隻貓怎麼樣都不是你的錯。」雷霆安慰他。

「我知道，但假如一眼在這兒，或許能給我們一點忠告，」清天絕望地說。「他——」

「沒錯，但是代價是什麼？」閃電尾氣憤地打斷他的話。「他殺死一隻貓，另一隻貓也差點在他手中斷氣。還有多少貓必須送命，我們才能聽取他的智慧箴言——如果他真能傳授智慧的話？」

眾貓交頭接耳、表示贊同。**閃電尾說得一點不錯**，雷霆心想。**再跟一眼打交道，我們就是鼠腦袋。**「再談一眼就扯遠了，我們還有正經事要討論。」他指出。

「但我們必須對他提高警覺，」清天壓低音量提醒眾貓。「他是危險份子，而且誓言復仇。」

「萬事到來自有時。」高影一如以往，沉著地道出智慧。「現在的當務之急是想想該怎麼防禦疾病。」

「我們應當分道揚鑣。」灰翅第一次發言就把雷霆嚇了一跳。「確保團隊的成員沒有相互混雜。設立邊界、固守疆土。」

血親的這番言論徹底出乎雷霆的意料。「我們曾經耗費許多心力去捍衛這些不必要的疆域，」他表達抗議：「現在你又要重設邊界？」

「我們現在不堪一擊，」灰翅點明要旨。「這也反映了我剛說的——具備領袖風範的貓兒不少，但只分兩個陣營，人才難以出頭。如果將團體打散，領袖自然會脫穎而出，取得合法的領導權，每隻貓兒也都將獲得保護。」

「我喜歡轟雷路後面那塊沼澤地。」有個沉穩的嗓音響起，雷霆愣了一下才發覺那是高影。她更乾脆地往下說：「我覺得那裡是個完美家園。離其他陣營的貓夠遠，得以保護願意與我同行的貓。」

雷霆難以置信地眨眨眼。「妳——妳想離開坑地，另起爐灶？我們少了妳該怎麼辦？還有多少貓在背地裡圖謀叛變？」他問話的同時，感覺肩膀的毛髮氣得根根倒豎。

清天俯視著他。「雷霆，沒有貓欺瞞你或背叛你。大家只是想做對的事，純粹想多救幾條命。」

哼！雷霆暗忖。**從你嘴裡說出這句話也太沒說服力了吧！**不過，他有自知之明，保持沉默，設法將聳立的毛髮再次攤平。

「能不能做出結論？」冬青略為惱怒地說：「我鄭重聲明，由於現在懷著小貓，所以不傾向搬家，或設立新團體。」

她的提問引起眾貓討論，每隻貓爭相表達意見，所以無法取得明確的共識。雷霆保持緘默，任他們你一言、我一語爭論不休，但私底下和冬青一樣不耐煩，巴不得趕快定案、早早散會。

「好了，以下是我們的決定，」最後，高影終於開口了。「我會和雷霆留在高地——暫時這樣。清天會將他旗下的貓帶回營區，而灰翅會返回河波的家。大家同意嗎？」

「這不就是我們居住的現況嗎？」灰翅指出盲點。

「因為現在不是做出重大改變的時機，」高影反駁道。她銳利的目光再次掃過眾貓。「大家都同意了嗎？」

雷霆嘴巴上沒抗議，心底卻希望灰翅跟他回家。「那麻雀毛呢？」他問清天。「她康復之後會不會回坑地？」

「不曉得，」清天答覆。「等時機到了，她會做決定。」

這幾個字聽得灰翅面部肌肉抽搐，但他沒多加爭辯。集會顯然到此為止。貓兒四散，準備各自回營；雷霆掉頭，挫折地彈一下尾尖。貓靈沒有現身，他們對傳染病的了解仍舊原地踏步，要把貓兒細分小組的事也搞得他心煩意亂。**雖然還沒發生，但這擺明是灰翅和高影的心願**，他心酸地想。**不團結就只有滅亡——這是神諭，不是嗎？**他反問自己。**現在這樣豈不是背道而馳？**

後來，他發現那隻陌生母貓站起來，在其他貓兒之間穿梭，最後來到雷霆身旁，磨蹭他的皮毛。她這一碰，雷霆全身酥麻，表面上又故作鎮定。

「我名叫星花，」她喵喵叫道，嗓音猶如蜜香，圓潤甜美。「是以夜裡發光的五瓣白花命名的。如果你仔細看我的眼睛，就會看見五片花瓣的形狀。」

她往雷霆面前一站，近到和他鼻貼鼻，彷彿在向他下戰帖，看他敢不敢直視她。

雷霆得發揮強大的意志力，才將他的視線移開。他在一條尾巴外的距離看見閃電尾。那隻黑色公貓正專注地打量他，這使雷霆感到更難為情。

「上次跟你說過，我聽了好多關於你的豐功偉業。」星花繼續說。

雷霆很意外，又有點侷促不安。**是誰跟她談到我的？**

金色虎斑貓的視線落在他的腳掌上，她伸腳輕拍他的每隻腳。「其實沒有那些貓講的那麼大嘛，」她對他說：「不過我可以訓練你和他們對打。」

最後她挑逗地瞄他一眼，啪嗒啪嗒地走了。

這次邂逅令雷霆心慌意亂，他轉過身，看見同陣營的貓大多都在附近，於是尾巴一揮，吸引他們的注意。「以後，」他說：「遇到陌生貓的話，可不可以互相知會一聲？在不確定身分的情況下讓他們溜進集會，感覺不太對勁。」

「我說雷霆啊，」高影說：「別老是那麼愛生氣又充滿敵意嘛。」

雷霆雖沒回話，瞪大的雙眼已道盡他的心聲。**這像是高影說的話嗎？她從不讓任何陌生貓加入陣營，就連登門造訪一下都是禁忌。**

此刻暗夜已全面降臨，離去的貓身影隱沒於黑暗中。雷霆意識到高影正與他並肩同行。「妳是真心喜歡轟雷路的另一頭嗎？」他問道。

高影聳聳肩。「我們在現場時，我就跟你說啦。我只是覺得那裡……好美。」

「但現在說的是移居，」雷霆抗議：「那裡是沼澤地欸！」

「對，一部分是，」高影表示同意。「但那裡也長樹開花。我喜歡那裡空氣中迷霧繚繞。有種莫名的感覺。宛如一處祕境，邀我去探索。」她搖搖頭，貌似有點困惑。「解釋不上來。總之待在那裡很自在就是了。」

「那妳走了，我要怎麼向其他貓交代？」雷霆問她。雖然時常和高影竟見相左，但一想到要向她的泰然自若和警戒心告別，他的心就隱隱作痛。**我失去了好多親近的貓……現在連高影也要走了？**

高影甩了甩毛。「哦，別擔心啦！」她嚷道：「我還在這裡，不是嗎？我要跟你一同回坑地。」

這句話一點都無法為雷霆帶來安慰。情況在變，但不是往好的方向走。

他將煩憂暫且拋在腦後，回憶起和那隻漂亮母貓「星花」的邂逅。**不曉得她要教我什麼**，他揣度著，**但我很想弄個明白。**

第十五章

清天在貓兒們簇擁下，朝營地回去，步履輕鬆地穿梭於星光照耀下的林間。他前腳剛踏進營裡的空地，留在營裡看顧小貓的花瓣便衝出來找他。

「快！」她緊張地喵道：「赤楊出事了！」

清天驚懼不已，他想起他在死鳥身上看到的病徵。**莫非我最擔心的事就要發生了？**他衝到花瓣和小貓們共用的臥鋪，以為會看見赤楊全身腫脹疼痛。

但一走近臥鋪，只看見赤楊舒服地躺在青苔墊上，白樺坐在她旁邊，用腳掌搓著她的尾巴。

「嗨，赤楊，妳怎麼了？」清天問道。

赤楊睡眼惺忪，似乎滿頭霧水，不確定自己身在何處。

「看來她只是累了，」清天喵聲道：「話說回來，花瓣，妳一定要這樣嚇我嗎？」

黃色虎斑貓怒瞪他：「她不光只是累了！」她在赤楊面前揮著爪子，灰白色小貓一點反應也沒有。「你看她都看不到！」花瓣質問道：「一定有什麼問題。」

「我不是跟你說過了嗎？」清天後方傳來冷笑。

清天旋身一轉，看到一眼站在他身後兩隻狐狸身長之距的地方，眼帶嘲弄。跟花瓣一起留下來看守營地的蕁麻則站在他後面，表情混雜著驚恐與愧疚。

花瓣立刻站到小貓們前面。「你們都給我待在臥鋪裡。」她警告他們。

清天瞥了她一下，心裡頓時有股大事不妙的感覺。「到底怎麼回事？」他質問道。

花瓣避開他的目光，表情跟蕁麻一樣內疚，兩耳貼平。

「妳有什麼事在隱瞞我？」清天追問，花瓣還是不肯回答。

清天心急到自己都感覺得到身上每根毛髮在顫抖，但仍挺直腰板面對一眼，不讓惡棍貓在氣勢上勝過他。

他在我的森林貓面前羞辱我，也在雷霆和灰翅面前羞辱我，他殺了湯姆、傷了麻雀毛……清天突然想到什麼，眼神狂亂地環目四顧。**麻雀毛呢？她在哪裡？**

「你對麻雀毛做了什麼？」他問一眼。他曾下定決心絕不再讓她受到傷害，畢竟是他堅持要她留在森林裡調養身體。

一眼發出殘酷的笑聲。「你不必擔心那隻小笨貓。」他譏諷道。

說話的同時，清天後方傳來窘迫的喵叫聲。他霍地轉身，只見一棵空心樹幹的洞口被交疊的樹枝擋住，裡面隱約可見麻雀毛隔著縫隙往外窺看。她又發出哀怨的喵聲。

「清天，快救我！」她哀求道。

清天朝一眼轉身，上前一步，肩毛豎得筆直，尾巴蓬起。「放那隻小貓出來，」他齜牙低吼，語帶威脅：「你上次傷了她，她都還沒完全復原呢。她需要的是食物和休息，不是凌遲。」

一眼看來完全不在乎清天的挑釁。「你命令不了我，」他厲聲道：「從現在起，這裡是我的領地了。」清天當場愣住，被他那駭人的宣言嚇呆了。這下輪到一眼走上前來，距離近到與清天鼻對鼻地對峙。「就在你跑去四喬木底下跟那群愚笨的朋友分享故事時，」他繼續說道：「我已經採取行動。這些貓兒需要保護，不想再受病痛之苦，而我可以保護他們。」

清天環顧那幾隻剛陪他去集會的貓兒，只見他們全挨擠在一起，表情一式困惑與恐懼，彷彿不敢相信眼前所見。**我也不敢相信**，清天心裡冷冷想道。**不過要是一眼以為他可以大搖大擺地進來，接管我的領地，那他就錯了。**

清天不想單挑一眼，畢竟他見識過這隻惡棍貓的打架本領有多兇惡。但現在有他的貓群當後盾，應該能不費吹灰之力地將一眼趕出去。

但為什麼一眼看起來這麼有自信呢？

清天又看向貓群，突然納悶自己能得到多少後援。花瓣一定是只要誰對小貓們有利，她就支持哪一方，她會這麼做也無可厚非。快水自從那場戰役後便不再信任他，哪怕她是當初跟他一起從山裡長途跋涉來此的夥伴之一。不過他對橡毛有信心，自從她離開高地，來到他營地居住之後，便一直很努力地打拚。

清天有點心虛，因為他現在才知道原來他對森林貓的忠誠度一點把握也沒有。葉青、荊棘、蕁麻和阿蛇都是後來才加入他們。尤其阿蛇此刻正怒目瞪著他，彷彿只要一眼給他一點甜頭，他隨時可以投奔敵營。

清天痛惜大戰役裡失去的朋友，如今他才知道自己的處境有多岌岌可危。

清天不想讓一眼識破他的窘境。「你給我滾出去，」他語氣堅定地喵聲道：「否則別怪我們撕爛你。」

一眼不為所動。「你不記得我說過的話了嗎？」他冷笑道：「我也許只有一隻眼睛，但我看得比誰都清楚，在我加入你這個所謂的團體時，我就注意到一些蹊蹺了。清天，很多貓兒都不喜歡你。」

花瓣和橡毛發出喵聲駁斥，但還沒來得及開口，一眼就憤怒轉身：「閉上你們的嘴！」然後又轉身回來，對著清天說：「我還注意到另外一件事，那就是你其實並不知道如何管束你的貓，是啦，你自以為很聰明，保衛領地，像膽小鬼一樣藏在森林裡，但這有什麼用呢？」

「我不想管束我的貓，」清天爭辯道：「我只是想幫他們在這裡生存下去。」

一眼翻個白眼。「真是笨蛋！」他大聲說道：「沒救的笨蛋！」

目光始終未從清天身上移開的一眼，突然撣動尾巴，示意花瓣過來。她聽命走了過來，清天這才發現她一瘸一拐的。她才趨近，一眼立刻撲上去，花瓣直覺想躲開，卻跌倒仰躺在地，四爪胡亂揮舞，前腳爪墊上的傷口吸引了清天的注意。那是一個紅腫的圓形傷口，像是用爪子直接把肉劃開。

那形狀看起來像一隻眼睛……

「她和蕁麻現在都帶著我的戳記了，」一眼自豪地說道：「過了今晚，其他貓兒也都會印上我的戳記。」

「但是有貓兒在生病，」清天問道，他難以相信這隻貓的權力欲望會把他們推入何種火坑。「森林裡現在有傳染病蔓延，難道你要在每隻貓身上都劃開一個傷口嗎？你是跳蚤腦袋嗎？」

「我不是跳蚤腦袋，」一眼回答，亮出尖牙。「我只是有我的原則在。我喜歡我的貓群乖乖聽話。」他的聲音漸低，語帶威脅：「所以現在……該是你離開的時候了。」

清天原地不動，他回頭看了他的森林貓，孤注一擲地向他們最後一次喊話：「來吧！我需要你們幫我。只要我們一起上，他絕對奈何不了我們！」

他注意到橡毛和荊棘伸出了爪子，但其他貓兒不為所動。好不容易才從地上爬起來的花瓣搖搖頭，聲音粗啞地喵聲說：「不，清天，你不懂。」

清天一臉不解地看著她。這時一眼揚起頭。「出來吧！」他吼道。

話一說完，灌木叢便窸窣作響，眾多貓兒從空地四周現身，他們都是清天從未見過的惡棍貓，個個骨瘦如柴、尖牙利爪、眼神兇惡，久未梳理的毛髮糾結成團，不然就是像刺蝟毛一樣橫七八豎。他現在才發現，原來他們為了掩飾身上的氣味，不讓他和森林貓發現，曾故意先在泥地和植物汁液裡滾過，讓集會回來的森林貓無法預警，以便趁其不備。陌生的惡棍貓步步進逼，將他們團團圍住，清天嚇到每根毛髮都在顫抖。

「說真的，清天，」一眼嘲弄道：「你該不會真以為我敢在沒有夥伴撐腰的情況下就來逼你退位吧？你不會這麼笨吧？」

清天看得出來他和森林貓在數量上根本寡不敵眾。若是妄想跟一眼領軍下的惡棍貓決一死戰，恐怕只會被他們撕成碎片。此刻的他雖然還是一臉不屑地看著一眼，但其實早已恐懼上身，心跳加速。

「清天，我早告訴過你，要你離開，」一眼喵聲說：「我不會殺你。因為我知道讓你認清你沒本事擔任首領，反而更能讓你生不如死。所以你就快滾吧，免得我把我的爪印劃在你身上。」

清天對著貓群最後一望。**我的森林貓！**無奈他們早被可怕的惡棍貓嚇得縮擠成團。他仍不死心地試圖用眼神告訴他們，他不會就此放棄，**總有一天，我會回來救你們。**但阿蛇竟撇過頭去。清天頓時感到心裡有某種東西被澆熄了。**他們真的希望我回來救他們嗎？**他反問自己。

「至於其他貓兒，」一眼繼續說：「你們可以留下來，劃上我的戳記，只要你們乖乖聽話，保證不會受到傷害。」

清天氣餒地轉身離開。就在他踏出第一步時，不經意瞥到那棵空心的樹。仍被囚在樹枝後方的麻雀毛一臉無助地往外窺看。

一眼，我不會留她在這裡受苦，清天暗下決定。

他假裝拖著尾巴，垂頭喪氣地朝空心樹的方向緩步越過空地。樹旁有兩隻惡棍貓讓出一條路給他。

清天一從圍觀的惡棍貓群走出來，立刻跳開，衝向空心樹，火速扯掉樹枝，耙出缺口，麻雀毛鑽了出來。

「快逃！」清天大喊。

他將小貓往前面一推，一眼尖聲吼叫，惡棍貓們連忙轉身追捕。但清天比這些初來乍到者更熟悉這座森林。他帶著麻雀毛穿梭林間，在矮木叢和荊棘叢間竄逃出去，還跳進一條窄溪裡，水花四濺地奔逃了幾隻狐狸身長的距離，滅絕氣味。還好麻雀毛身上的傷已經快痊癒，雖然跑得上氣不接下氣，但體力尚堪負荷。

後方的怒吼聲和嚎叫聲漸息，清天衝出森林，麻雀毛緊跟在後，最後砰地一聲倒在地上氣喘吁吁，清天趁機回頭探看森林的輪廓線，荒涼光禿的枝條仍有零星樹葉殘留。

我的家園……我曾經的家園。

清天甩甩頭，發出無語的悲嚎……絕望的哭聲響亮到所有森林貓都能聽見。哭號漸息，歸於寂靜，卻得不到任何回應。

清天低頭看著麻雀毛，後者瞪大眼睛，不安地迎視他的目光。

「清天，接下來該怎麼辦？」她問道。

清天深吸口氣，想回答她，但吐不出話來。他無話可說。他失去了他的家園，失去了他的貓群。一眼徹底打敗了他。

第十六章

灰翅蹲在島嶼邊的一株灌木底下看著河波和黑色母貓夜兒。這裡是河波的島嶼。太陽照著河水，河面波光粼粼。兩隻貓兒將爪子伸進水裡，撈了一條魚上來。岸上的魚兒蠕動掙扎，七彩鱗片在陽光下閃爍不定。

這些日子灰翅在河波這裡住下，但還是不太習慣貓兒不怕弄溼爪子的這件事。他對水邊狩獵技術深感好奇，他們不必嗅聞空氣、不用跟蹤或跳躍，只需要耐心以及快如迅雷的伸爪撈魚技巧就夠了。灰翅記得當初從山區長途跋涉下來時，有時也會見到斑皮在路上這樣抓魚。

只是後來又發生了好多事情。

灰翅一想到現在的自己得完全仰賴河波和他的貓兒提供食物，便覺得很不安。其實他們沒有抱怨，似乎也知道他需要時間好好想想。他們幫他準備了柔軟的臥鋪，任由他愛吃多少魚就吃多少。

但是灰翅知道自己不能再這樣下去。**再這樣下去，我恐怕連怎麼狩獵都忘了。我曾經是貓群的首領，但現在的我竟像小貓一樣受到照顧。**

不過他很開心自己的呼吸愈來愈不費力，也希望雷霆在領導方面做得很稱職。

夜兒又撈了一條魚上岸，嘴裡歡呼出聲：「看到沒？這是目前為止最大的一條魚欸！」

「誰說的？」河波玩笑地推她一把。「我以前抓過一條身長起碼跟老鼠一樣長的魚，比這條大多了。」

灰翅站起來，朝他們緩步走去。「我也想出點力，去抓點獵物，」他喵聲說：「我想離開一下，上高地去抓。」

「好啊！」河波回答：「我跟你去。」

他帶頭往前走，一起越過河裡的踏腳石，走到對岸。一上岸，灰翅立刻一馬當先地穿過長草叢，豎起耳朵，搜尋獵物的聲響。但才沒走幾步路，便遇到露珠，露珠是剛加入河波這個團體的另一隻惡棍貓，他的目光正緊盯著附近蕨葉叢底下的一隻田鼠。

灰翅停下腳步，不想打擾露珠的狩獵。可是當他仔細打量田鼠時，卻發現田鼠的肚子腫起來，下顎四周長了許多水泡。

「別碰田鼠，」他喵聲說：「牠病了。」

露珠點點頭。「有點像我們先前看到的那一隻。別擔心，我不會接近牠。」

河波從灰翅肩膀後面探頭看，隨即搖頭嘆氣。「生這種病的動物愈來愈多。我都不知道該怎麼遏止。」

露珠發出嫌惡的嘶聲：「我們是知道要敬而遠之啦，但問題是我們無從得知其他貓兒是不是也遇到同樣問題，或者這種病到底散播得多遠？」

「至少已經散播到坑地那兒了。」灰翅黯然地說道。

露珠聳聳肩，從田鼠那裡退了回來。「我要回島上去了。」

河波向他點點頭。「夜兒和我抓了很多魚，你快去吃。」

「謝了。」露珠隨即轉身，消失在長草叢裡。

灰翅和河波繼續前進，遠離病奄奄的田鼠。

「如果你想學的話，我可以教你我的狩獵技巧。」灰翅提議道：「在高地上，他們好像都認為我對狩獵很有策略頭腦，對獵物的嗅覺也很靈光。」

河波低聲附和，不過灰翅注意到他的鬍鬚微微抽動，似乎覺得他講得有點好笑。

「好吧，」灰翅開口道：「這附近顯然有田鼠，我們要找出牠們。牠們住在地道裡，對吧？」

河波點點頭。

追捕牠們應該跟追捕兔子一樣，灰翅暗地裡想，**不過就連風奔也沒辦法跑進洞裡追田鼠。**

「走這邊。」他喵聲道，同時調頭朝離踏腳石和河波小島更遠的下游河岸走去。他走了幾步，就蹲下來，耳朵貼著地面。

「你到底在做什麼？」河波驚訝地問道。

「聽聽看有沒有田鼠啊，」灰翅解釋，暗自得意他總算懂一些河波不懂的事。「不過我什麼也沒聽到。」

「我們再聽聽看。」河波似乎很感興趣，他斜傾耳朵，指著河岸邊一處植物茂盛的地方。「那是田鼠喜歡吃的植物。」

這次灰翅聽到地底下有輕微的搔刮聲。「下面至少有一隻田鼠。」

他四處查探了一下，張開下顎，嗅聞空氣，終於聞到田鼠的氣味，於是循著氣味在山楂樹的樹根中間找到一個小洞。「你待在這兒別走。」他告訴河波。

灰翅仔細聽地底下的搔抓聲，再循著地底下的聲響一路追到河岸邊的一個洞。他小心爬下河岸，站在接壤著河水與河岸的卵石灘上。

「好了，」他朝河波大喊：「你開始挖那個洞，然後朝洞裡大叫，愈大聲愈好。」

他從卵石灘上看不見河波，但聽得到可怕的尖叫聲從地道盡頭傳來。**這叫聲應該會嚇得牠們趕緊逃吧**，他得意地想道。

過了一會兒，地道裡面傳出驚慌的吱吱叫聲和窸窣疾行聲，一開始是兩隻……然後是三隻、四隻……田鼠衝出洞口，驚恐的眼睛瞪得斗大。灰翅興奮地撲上其中兩隻，左右腳各踩一隻，熟練地折斷頸子，但就在他轉身要去追另外兩隻時，有個暗色身影在他頭上一閃而逝，同時傳來粗嘎叫聲。他抬頭一看，驚見一隻大老鷹伸長爪子，從天而降。灰翅及時跳開，在礫石灘上滾了幾圈，老鷹撲上另外兩隻試圖竄逃的田鼠，擒走其中一隻，最後一隻跳進河裡，消失不見。

河波趕緊跑過來，從岸上低頭查探灰翅。「我們快離開這兒，」他催促道：「我們不需要這種獵物，島上已經有足夠的食物。」

灰翅站起身來，聽見自己的喉間有輕微的哮喘聲。他無視河波的警告，回到剛剛留下兩隻死田鼠的地方，仔細檢查牠們身上有無病徵，他用力嗅了嗅，伸爪小心撥開毛髮，欣見兩隻田鼠都很健康，於是叼起牠們的尾巴，爬上河岸，丟在河波腳下。

「我只是想出一點力，」他喵聲道，眼裡帶著些許受傷的神色，「讓自己覺得不是那麼沒用。」

河波肩膀垮了下來。「你不用向我證明什麼，」他低聲說：「我看過你的本領，也見識過你的領導才華。但大家都看得出來你這陣子身體不好，而我很樂意提供一個地方讓你休養身體。」他把死田鼠輕輕推回給灰翅。「也許你知道有別的貓兒想吃點東西？比如說小貓？」

灰翅注視著銀色公貓。「你怎麼知道？」他倒抽口氣，很驚訝他朋友的聰穎。「你說得沒錯，我很想念礫心和梟眼……還有可憐的麻雀毛。」

我甚至不知道她的傷好一點了沒，他愧疚地想道，**還有礫心想當治療者，不知道成功了沒？至於梟眼……我希望他沒有因為他弟弟的早熟而讓大家誤以為他也長大了，不需要再多照顧他。他還有機會當隻快樂的小貓，到處玩耍嗎？**

「我想我該回家了。」他告訴河波。

銀毛公貓垂頭表示理解。「我其實也在想，不知道你什麼時候會提出這個要求。」他喵聲說：「不過不管什麼時候，只要你需要一個地方休養，都歡迎你回來。」

灰翅一想到就要離開這位好朋友，心裡不免惆悵。「你願意跟我一起回坑地嗎？」他問：「也許你和夜兒還有露珠可以……」

河波搖頭打斷他。

「這不符合我們在四喬木的協定，記得嗎？我們必須把這種疾病隔離起來。再說，這座島是我的家，我不習慣住在別的地方。」

灰翅失望地嘆口氣。「我知道，但我會想念你，河波。謝謝你幫我這麼多忙。我永遠不會忘記你為我所做的一切。」

他與銀色公貓互碰鼻頭，然後轉身朝坑地走去，當他感覺到腳下踩的是草葉扎人的高地時，不由得加快腳步。他興奮到胃微微翻攪。他會想念河波的，但他也想念小貓們，而且到現在才知道自己有多想念他們。**他們見到我會很開心嗎？但願會。**

就在灰翅橫越高地，回營地的路上，突然聽見前方碎石堆傳來微弱的喵聲。若要走到碎石堆那兒，得先越過一片凹陷的沙地，但沙地踩在腳下感覺很癢。他走了一半，就瞄見有隻貓兒棲在一塊平頂的岩石上望著他。

「風奔！」他大聲喊道，驚訝到連嘴裡的獵物都掉在地上。「妳自己跑來這裡做什麼？妳還好嗎？」

風奔從岩石上跳下來，橫越凹地，跑過來跟他互觸鼻子。「不是只有我，」她回答道：「快來跟金雀毛還有小貓們打聲招呼吧。」

灰翅拾起田鼠，跟在風奔後面沿著岩間一條蜿蜒的小徑走到土堤處，這裡有個兔子洞被挖成窩穴狀，彷若高地營地裡的那些窩穴。金雀毛就坐在入口，蛾飛和塵鼻正在他前面的草地上扭打玩耍。

他們一看到灰翅，立刻放開彼此，跳了開來。金雀毛站起來，跑過來找他。「真高興又見到你。」他喵嗚道。

灰翅不由得注意到兩隻小貓瘦巴巴的模樣。「你們想吃田鼠嗎?」他問道，同時把其中一隻放在他們中間。

「謝謝你。」兩隻小貓異口同聲，然後就飢腸轆轆地大啖起田鼠。

風奔感激地看了灰翅一眼，灰翅則示意她跟他到旁邊一下。

「我很遺憾在四喬木集會的時候——聽說晨鬚死了。」他喵聲說：「我懂這種傷痛。妳還好嗎?」

風奔整個身體突然不住地顫抖，但仍強壓下悲悽的情緒。「你看看四周，」她回答道：「這裡可以讓我遮風蔽雨，而且又乾爽，我擁有自己的空間，還有足夠的地方讓我的小貓茁壯成長。」

灰翅本來想說她的小貓好像有點營養不良，但忍住沒說。「惡棍貓的生活是很艱辛的。」他語調溫和地小聲說道。

「我們不再是惡棍貓!」風奔厲聲回答，語氣裡多少帶了一點她以前慣有的那種酸澀。「沒錯，日子是很艱辛，不過我正在這兒籌組屬於我自己的團體。」

「真的假的?」灰翅驚訝地問道。

風奔聳聳肩。「好吧，也許我現在只是在安頓一個家，但我至少不像惡棍貓那樣四處流浪，沒有一個真正的家或朋友。跟你們住在一起的那段時間，讓我學到很多東西。所以現在我要把那個經驗運用在這裡，因為畢竟不是只有坑地和森林適合貓兒居住。」

灰翅知道她說得沒錯。河波在島上的家就是最好的證明。

「那就好好照顧妳自己和妳的家人，」他喵聲道：「我得回去了。要不要把另一隻田鼠也留給你們？」

風奔搖搖頭。「不用了，謝謝，我們不會有事的。」

灰翅心想還好她拒絕了。**我真的很想帶點東西回去給龜尾的小貓們，即使他們長大了，但還是會開心收到禮物。**

他轉身離開，但又頓了一下，瞄見岩石暗處有一隻貓兒在偷窺他，那是一隻母貓，披著厚厚的暗灰色毛髮，有一雙琥珀色的大眼睛。

「灰板岩，」風奔喊道，同時用尾巴示意。「過來見見灰翅。我不是跟妳說過那個大團體嗎？他就是他們的其中一員。」

灰板岩緩步過來，朝灰翅垂首致意，一臉興味地打量他。「很高興認識你，」她喵聲說：「我看得出來我們的名字跟我們的毛色都很像。」

她說話時，眼裡帶了一點淘氣，灰翅覺得有趣，這是他好幾個月來，第一次覺得自己快要噗嗤笑出來。「我也很高興認識妳。」他很有禮貌地說道。

「你要來跟我們一起住嗎？」灰板岩問道。

灰翅搖搖頭。「我有自己的家得回，就在坑地。」他解釋道，**暫時的家**，他突然明白了，心裡隱約有了一個主意，只是還不敢直接說出來。看見風奔已經在實踐那個計畫，似乎又讓這一切變得更真實了一點。

「我懂了，」灰板岩低聲說道：「我可以陪你走一段路嗎？」

灰翅很驚訝，但馬上欣然同意。他們向風奔和金雀毛道別後，就並肩離開。

「風奔還好吧？」他因為嘴裡叼著田鼠，只能口齒不清地說話，所以覺得有點蠢。

灰板岩若有所思地垂下頭。「她熬過來了，但很辛苦。我懂那種失去至愛的感覺。我曾被狐狸攻擊，我哥哥因為救我而犧牲了自己……你看！」

她趴到地上，翻身讓灰翅看她下腹一處傷疤。灰翅很是感動。**她真的很特別，竟肯把自己最脆弱的一面秀給一隻才剛認識的貓兒看。**

「我為妳感到遺憾，」他低聲道：「妳哥哥很偉大。」

灰板岩神情自若地靜靜陪著灰翅走，直到坑地出現在視線裡，她才停下腳步。「我就在這裡跟你道別好了，」她喵聲說：「祝你好運。」

「好運？」灰翅一臉不解：「為什麼要祝我好運？」

灰色母貓的琥珀色眼睛點光一閃，可能是戲謔，也可能是出於某種智慧，灰翅無從分辨。「因為你得面對挑戰，」她回答：「我感覺得出來它們就扛在你肩上。」

她的尾巴輕輕刷過他的身側，隨即轉身離開。

「也祝妳好運。」灰翅在她背後喊道，久久無法移開目光，只見她步伐自信地穿過高地。**才寥寥幾句話，她就比那些跟我住了許久的貓兒還要瞭解我，風奔到底是從哪兒找到她的？**

灰翅才走近營地，便瞄見高影站在坑地邊緣。她凝視著地平線，目光望向天邊的轟雷路。當她看到灰翅，立刻捲起尾巴表示歡迎。

「你回來了。」她以一種深度喜悅的語調喵聲道，同時與他互觸鼻子。「回到家開不開心？」

「我覺得算是開心吧。」灰翅回答，他環目四顧，尋找小貓們，只見到礫心站在他們窩穴的入口。

「你覺得？」他朝他們走去，高影在他後面喊道。

灰翅回頭看了一眼。「目前為止還不錯。」他喊了回來。

但這能持續多久呢？

第十七章

雷霆蹲在草叢後方，瞇起眼睛，緊盯著洞穴外進食的兔子。太陽正在西下，寒風掃過曠野。梟眼和閃電尾等在雷霆兩邊，繃緊了全身肌肉。梟眼的尾尖不耐地前後抖動。

「在我沒下達命令前，不准輕舉妄動，」雷霆警告他：「我們的做法是這樣。你們看到那塊岩石旁邊的兔子嗎？」他的耳朵指向朝離洞穴最遠的一隻兔子，牠正在啃食青草，完全不知道已經被盯上。

閃電尾點點頭。「看到了。」

「好，閃電尾，我要你跑到兔子和洞穴中間，逼牠往另一頭跑。梟眼，你待在這裡，如果牠朝這兒折回來，你就跳起來嚇牠。」雷霆伸出舌頭舔舔下顎四周。「我負責宰牠。牠看起來挺肥美的。」

「雷霆，我準備好了。」梟眼喵聲道，興奮到鬍鬚微微顫抖。

「好，閃電尾，上！」

閃電尾強壯的後腿用力一蹬，從藏身處衝了出去。離兔子洞最近的幾隻兔子驚嚇奔逃，白色尾巴上下擺動，隨即消失無蹤。被貓兒盯上的那隻兔子也試圖跟著同伴逃，但被亮出尖牙的閃電尾半路攔截。那一瞬間，兔子似乎不知該何去何從，最後驚慌失措地拔腿亂竄。雷霆衝向牠。獵物躲開雷霆撲來的爪子，直接就朝梟眼的方向竄逃。小貓從藏身處突然跳起來，甩動尾巴，爪子劃破草葉。兔子慌張尖叫，全身顫抖地蹲在草叢裡，不敢再逃。雷霆的巨爪朝牠脖子猛力一揮——兔子當場喪命。

「好厲害哦！」梟眼大聲喊道，跑出來查看獵物屍體。

「你們兩個幫了很大的忙。」雷霆喵聲道，同時對正緩步走來的閃電尾點頭致意。「梟眼，你剛剛看起來挺可怕的。」

但在雷霆仔細打量過剛捕獲的獵物後，洋洋得意的感覺立時消失無蹤。這隻獵物根本不肥美——事實上牠是生病腫脹，嘴巴四周盡是白沫，身體散發出一股惡臭。

「梟眼，快後退。」雷霆厲聲下令。「閃電尾，我們最好找些葉子把牠蓋住，要是把牠留在這兒，可能會被別的貓兒吃掉。」**難怪這麼容易半路攔截牠**，他在心裡默默告訴自己。

雷霆和閃電尾找來很多葉子覆蓋兔子，並將牠推進附近岩縫裡，然後帶隊回營地。

「現在愈來愈難抓到可以吃的獵物，」梟眼抱怨道：「好像所有獵物都染了病。」

「對啊，」閃電尾附和道：「我們的隔離做法或許有幫助，但我們總不能叫獵物自己也隔離啊。這種病傳播得愈來愈嚴重了。」

他的同伴說出了雷霆埋藏心裡已久的話。「話是沒錯，」他喵聲道：「可是在我們沒找到解藥前，只能盡量避開它。」

我碰過那隻兔子，他心想，恐懼頓時在他肚裡翻攪，**這是不是意謂著我現在身上也帶了病原？**

回營地的路上，他們停下來收集先前被他們藏在石頭底下的其他獵物。「一隻瘦巴巴的兔子和兩隻老鼠，」雷霆低聲嘟囔：「看來禿葉季不好過了，不過要是灰翅在，他可能會說，這裡的日子還是比山裡好過多了。」

梟眼聽見他提到灰翅的名字，立刻皺起眉頭，雷霆頓時懊悔。他知道這孩子有多想念灰翅。灰翅離開坑地時，梟眼心裡有多內疚難過。

梟眼總覺得這是他的錯，因為他很氣湯姆的死，結果讓灰翅自己去接麻雀毛。

「我相信灰翅很快就會回來。」雷霆喵聲道，同時用面頰摩搓梟眼的鼻口。

梟眼看起來不太相信，他沒有答腔，拾起其中一隻老鼠，回頭就往營地走。

雷霆和閃電尾互看一眼，並肩走在梟眼後面。**我也很想念灰翅啊**，他心想。他後悔過去幾個月來，太把他叔叔的付出視為理所當然。他自忖，**尤其在龜尾死後，灰翅就把自己封閉起來，要是我當初伸出援手，或許能拉他一把。**

如今雷霆比任何時候都更清楚灰翅對他們這個團體來有多重要，貢獻有多大。**他似乎認定他必須給我成長和領導空間，我真希望他已經改變想法，我好想要他回來。**

他們已經快到營地，於是加快腳步。太陽離地平線更近了，這時雷霆聽見金雀花叢底下有隻母貓在他們經過時，以輕軟的揶揄語調嘲弄他們。

「個兒那麼大，就只抓到這麼一點點啊！」

雷霆停下腳步，窺看矮木叢。枝椏間的暗處有雙綠色眼睛正注視著他，瞳孔猶如星子，閃閃發亮。他的心不由得狂跳，嘴巴發乾。

星花步出灌木叢，眼帶興味，捲著尾巴。「這趟收穫不怎麼樣嘛，」她挖苦道，同時走上前，站在雷霆面前，而他嘴裡仍叼著兔子。她回頭看了閃電尾一眼，又追加一句：「他向來都這麼多話嗎？」

雷霆看見閃電尾竟瞇起眼睛打量母惡棍貓，不免有點驚訝。「雷霆不喜歡跟陌生貓兒打交道，」他鎮定說道：「不過最近大家都是這樣。不好意思，我們先走一步。」

雷霆一臉興味地旁觀。閃電尾趾高氣昂地朝營地走去，過了一會兒，發現雷霆沒跟上來，於是停下腳步。

雷霆還沒來得及跟他夥伴解釋什麼，星花已經朝他轉身。「現在回家還太早，」她喵聲道，迅速瞥了天色一眼。「你快要錯過壯觀的日落景色了。再說，現在的光線還夠我教你幾招獵殺技巧……如果你願意虛心受教的話。」

雷霆放下他嘴裡兔子。「我當然願意虛心受教。」他語調拔高到極不自然，連他自己都聽得出來。**為什麼我在這隻母貓面前，就會表現得像個鼠腦袋？**

他看見閃電尾懊惱地看他一眼。「走啦，雷霆，」他催促道：「營地裡的貓兒都在等我們回去。」

「其實也沒有啊，」雷霆反駁道，同時裝出權威的聲音：「你和梟眼先帶獵物回去。我回頭再抓點東西吃好了。」

閃電尾很不高興地搖搖頭。「你又不是不知道最近有傳染病，我們最好跟外界盡量保持距離，」他明快地說道：「再說，這規定也是你幫忙訂出來的。」閃電尾瞪著他看好一會兒，但雷霆還是不為所動，於是他索性跑到雷霆旁邊。「我就是不信任她，」閃電尾小聲說道：「她有種特質讓我很不安，反正她……就是不夠真實。我也說不上來，可是……」

雷霆後退幾步，搖搖頭，只希望星花沒聽見他的那番話。**這隻母貓很真實啊，真實到連我都不敢相信了，但她真的存在啊。**

就算星花聽到了閃電尾說什麼，也裝作沒聽見。星花朝他上前一步，蓬鬆的金色尾巴輕輕一掃。「我看起來像有傳染病嗎？」她喵嗚道：「再說，這裡的首領到底是誰啊？」

「是我。」雷霆瞪了閃電尾一眼。「帶梟眼回去，現在就回去。」閃電尾回瞪雷霆，難掩憤怒與失望，但沒再爭辯下去。他叼起雷霆的兔子，用尾巴示意梟眼跟上，怒氣沖沖地離開。梟眼一臉不解地眨眨眼睛，也跟在後面走了。

剛與閃電尾爭執過的雷霆原本氣到毛髮都豎了起來，但才一回頭去找星花，望見她那雙迷人的眼睛，便又把一切拋在腦後。

「你看過祕密花園嗎？」她問他。

雷霆不懂她在說什麼，但還來不及開口，她就轉身跳開。「跟我來！」她喊道，同時回頭瞥了他一下。

雷霆追在後面，亢奮猶如一陣風，掃向他全身。眼前一切看起來新奇又美妙。太陽斜掛林間，灑落的陽光似乎從來不曾像此刻這般璀燦耀眼，連空氣都變得無比芳香。

星花帶著他朝河的方向走去，但她還沒到河邊，便轉頭鑽進濃密的林子，林蔭下的蕨叢依舊茂盛，穿過蕨叢後，他們來到了溪邊，溪水湍流而下，淹漫石子，水沫四濺，像成串的小瀑布朝下游流竄。小溪兩旁的草地被無以數計的野花妝點，不時有花香飄送進落葉季的冷空氣裡。

「它們快凋謝了，」星花在雷霆趕上她時這樣低聲說道：「也許在太陽再度升起前就會凋謝。能趕在花季結束前看見這麼美的花，你說我們是不是很幸運？」

雷霆低聲附和。他平常扛的壓力太大，又有太多難以解決的問題，所以從來沒有真正好好放鬆過，也不曾欣賞這種與世隔絕的美景。

「這裡好美哦，」他附和道，這時他突然靈光一現，繼續說道：「妳這麼喜歡花……那妳知不知道有一種花叫熾烈之星？」

星花點點頭。「知道啊，它大多長在轟雷路的另一頭。」她告訴他。「問這個做什麼？」

「呃……」**她曾在四喬木那兒聽過貓兒們談論貓靈的事嗎？要是我提起這件事，而她沒聽過，一定會以為我腦袋裡長了蜜蜂！**「因為聽貓兒提過。妳知道它有什麼用途嗎？」

「它是一種有療效的藥草。」星花回答。

「真的假的？」雷霆興奮到簡直快手舞足蹈了起來。「謝謝妳讓我長了知識。」他巴不得趕快告訴夥伴們這個新發現。**到時就看閃電尾還會不會說我不該跟星花說話？要是能在可憐的晨鬚死掉前，就知道這消息，那該有多好，他難過地想道，或許這種藥草**

可以醫治眼前的傳染病。

星花在一座小丘上坐下來俯看溪水，揮動尾巴示意雷霆過來。「說說你吧，」她等他在旁邊坐好，便喵聲說道：「你出生在這片高地嗎？」

「不算是。」雷霆回答。不知怎麼搞的，他發現自己竟然能滔滔不絕地告訴星花有關清天和風暴的事情，還有他和他母親及同胞手足住的兩腳獸窩穴被毀，害他們命喪其中，灰翅又是如何救了他，將他撫養長大。

「那清天呢？」星花問道：「你別告訴我他不想要一個像你這麼優秀的孩子。」

雷霆聳聳肩。「事實上，清天拒絕了我……兩次，一次是我很小的時候，另一次是因為我質疑他的領導作風。」

「真糟糕，」星花的語調帶著同情。「清天八成是個心理有缺陷的討厭鬼。難道他不知道家人比什麼都重要嗎？」

「他也不是心理有什麼缺陷，」雷霆喵聲道，總覺得這樣批評自己的父親不太好。「他犯過錯，不過那是因為他總覺得自己的方法最好，才會犯下那些錯。」他想改變話題，於是改口問她：「那妳呢？在那次四喬木集會之前，我從來沒見過妳。」

「哦，我是在這片高地出生的，」星花告訴他：「不過我通常獨來獨往，直到有一天我聽說有貓兒正在集結不同的團體，我就決定去四喬木瞧瞧，結果就遇見你啦。」

「妳看起來不像其他惡棍貓。」雷霆喵聲道。

星花的綠色眼睛閃著興味。「你的意思是？」

「我是說……」雷霆靦腆地低下頭：「妳給我的感覺——比較溫柔……比較……」他想說的字眼是漂亮，但沒敢說出口。

「我很會照顧自己。」星花低聲道，鬍鬚微微抽動。「你看是夕陽欸！」她說道，抬眼注視天空，藍色天幕被染得金黃姹紫。雷霆循著她的目光望過去，全身跟著放鬆，眼裡盡覽頭頂上的璀燦美景。星花朝他倚近，前爪疊放在他的爪上，他快樂到幾乎快飛上天。她的毛髮與他的輕觸，暖意立時流竄他全身，她甜美的氣味縈繞四周。

我從來沒有過這種感覺！

雷霆心跳加快，猶豫著是不是該趁機問星花，願不願意也加入其中一個團體——他的團體。他相信只要她願意過來跟他住，他絕對能克服閃電尾或其他貓兒的疑慮。

只要他們像我一樣了解她，一切都能迎刃而解。

他想問她，但不知道如何開口。他的舌頭就像綠葉季裡塵土飛揚的小路那般乾燥。但就在他想好如何探問她之前，天色竟然就暗了。星花突然抽動耳朵，跳了起來。

「好了，」她喵聲說：「這裡真美，但天就要黑了，我們回家吧。」

「妳家在哪裡？」雷霆問道。

星花的尾巴掃過他腰腹。「我還不打算告訴你，」她回答：「不過我相信我會再見到你。」

雷霆沒來得及回答，她就轉身跑開，消失林間。他追在後面，鑽進蕨葉叢，可是等他衝出來時，美麗母貓已經不見蹤影。

他無奈地調頭回營地。但心還在噗通噗通地跳。**我剛剛跟她在一起嗎？**他反問自己，**這一切是真的嗎？我什麼時候會再見到她？**

天空清澈，雷霆奔馳在高地，天光仍亮到足以照明前路。他有一兩次聽見後面有腳步聲。甚至有一回才經過一叢金雀花，後方立刻傳來窸窣聲響。他緊張到爪墊微微刺癢，忙不迭地轉身想查探後方是誰，卻什麼也沒看見。

希望是星花在跟蹤我，他滿心渴望地想道。

雷霆一回到家，竟見灰翅和清天、高影同坐在坑地邊，瞬間忘了金色母貓這回事。

「灰翅！」雷霆興奮大叫，衝了過去，在他叔叔面前煞住腳步。「你回來了！」他大聲喵嗚，用鼻口去蹭灰翅的肩膀。

「是啊，我回來了，」灰翅嘆口氣：「雷霆，真高興再見到你。」

「至於你，」雷霆朝清天轉身：「你在這兒快變成老面孔了。」他挖苦地補了一句。

「你跑去哪兒了？」他父親質問道：「閃電尾說你跟一隻母惡棍貓出去。我們有麻煩了，一眼搶了我的首領位置！」

雷霆瞪大眼睛看著他。「怎麼可能？」他倒抽口氣。「你的森林貓怎麼會允許這種事？」

「他們沒有選擇，」清天憤憤不平地說：「一眼帶來一群惡棍貓。我不知道他從哪兒找來他們，但是他們非常兇惡。」

灰翅這時看著雷霆。「還有一個更壞的消息要告訴你。」他說道，同時站起身來，領著雷霆走進坑地，朝鋸峰和冬青共用的臥鋪走去。他們還沒走到，雷霆便聽見熟悉的嗚咽聲，全身血液突然冰冷。

鋸峰蹲在臥鋪外面，看見雷霆他們來了，立刻站起來。「是冬青！」他大聲說道：「她染病了。」

第十八章

清天讓路，讓灰翅和雷霆先走進坑地。這種感覺很奇怪，竟然得跟在自己的弟弟和兒子後面走，但現在情勢比人強，他也只能接受。原因不只在於他們曾經承諾貓靈，也因為他最近所受到的屈辱太深。

一眼徹底擊敗了我，以後我要怎麼當貓兒們的領袖呢？

他們還沒抵達冬青的窩穴之前，雷霆就先在金雀花叢旁停下腳步，因為雲點正在這兒檢視麻雀毛的傷口，梟眼和礫心則蹲在一隻狐狸身長外的地方，滿面愁容地看著麻雀毛。

「麻雀毛，妳回來了。」雷霆喵聲道，語調欣慰。「妳還好嗎？」

雲點把小貓身上撥開的毛推回原處，代她回答：「她的傷口復原得很好，不礙事的。」說完朝清天轉身，動作僵硬地垂頭致意，繼續說道：「謝謝你在她逗留森林的期間照顧她。」

清天禮貌回禮，不過他懷疑這隻黑白公貓根本言不由衷。結果後來聽到雲點嘴裡的咕噥，就更確定了這一點，因為雲點後面又補了一句：「不過她還是回到自己的家會比較好。」

麻雀毛掙脫他，不想再被他繼續檢查，甚至憤憤不平地蓬起全身毛髮。「清天對我很好，」她堅稱道：「他給我地方休養，還把我從陷阱裡救出來。」

「陷阱？」雷霆厲聲問道，同時和灰翅互看一眼。「什麼陷阱？」

麻雀毛舔舔胸毛，顯然不願多談細節。「一眼把我推進一棵空心樹幹裡，」她自承道，「然後把洞塞住。」

清天全身的毛髮豎得筆直，因為所有貓兒都轉頭瞪著他看。

「你怎麼可以讓他這樣胡作非為？」灰翅問道。

「這又不是我的錯，」他反駁道，很不甘願地迎視他們責難的目光。「我當時根本不在場！」他默不作聲了一會兒，肩膀隨即垮了下來。「我們可不可以想出一個對策來解決這個問題？一眼已經失控——這一點很確定，而現在這種傳染病又蔓延得比以前更嚴重。」

「是啊，」鋸峰開口道，同時趨近他們。「我們得做點什麼……什麼都好，我不忍看見冬青病成這樣。」

「我有辦法，」雷霆大聲說道，他突然想到星花告訴他的事，情緒又亢奮了起來。「我剛剛才知道熾烈之星是一種有療效的藥草。」

「對欸！」雲點跳了起來。「記不記得貓靈們說過的話？『利爪依然會摧殘森林』，還有『唯有熾烈之星才能磨鈍那隻利爪』，假設傳染病就是利爪，而熾烈之星可以治癒這種病。所以也許它可以治好冬青的病。我們什麼藥都試過了……」

他還沒說完最後這句話，就幾乎被梟眼和鋸峰的熱烈響應聲淹沒。

「我們得趕快去找，拔一點回來。」

「我去！」

清天揮動尾巴，試圖要他們安靜，最後只好抬高音量蓋過年輕貓兒的吵嚷聲。「好了好了，夠了夠了！那一眼怎麼辦？我們也得處理啊。」

「沒錯，」高影附和道：「而且別忘了，我們得先經過森林，才能穿過轟雷路去摘熾烈之星。我不認為一眼會無條件地放我們過去。他一定會派惡棍貓守在邊界。」

「這件事我們得集思廣益，」雷霆提議道：「清天，我們必須先搞清楚森林裡到底出了什麼事，才能想出解決的辦法。」

他跳過去站在高影旁邊，後者一躍而上守望岩，召喚貓兒集合。灰翅和其他貓兒跟著他一起走過去。斑皮打著呵欠從窩裡出來。正在坑地另一頭分食兔子的閃電尾和碎冰，扔下獵物，一邊快步走過來，一邊伸出舌頭舔舔鬍鬚。泥掌和鼠耳本來在上狩獵課，正撲上假想中的獵物，此時也暫停動作，跟了過來。礫心是唯一不理會召喚的貓兒。清天看見他溜進冬青的窩穴裡，知道這隻小貓一定是在照顧她。

最後一抹落日餘暉已經消失在地平線，夜色降臨。第一批冷冽的星子現身在雲彩如絲似縷的天空。清天抬頭望著星群，好奇貓靈們是否知曉森林裡所發生的事。**我們不能寄望他們來幫忙**，他心想。

「清天，」貓群集合完畢，高影開口：「你希望我們怎麼幫你？」

清天站在岩石底下面對其他貓兒。「首先我要謝謝你們願意讓我回到坑地，」他喵聲說：「我覺得……」

「你覺得什麼並不重要，」鋸峰不客氣地打斷：「我們現在只想知道，我們面對的是什麼。把你對一眼的了解一五一十地全告訴我們。」

清天停頓了一下才回答，因為只要他一想起那隻惡棍貓，便氣到說不出話來。「他是惡霸和兇手，」他終於開口道：「他是一隻格鬥技巧凶狠的惡棍貓，他有強烈的權力欲望。他很熟悉這地區，還宣稱自己很懂這種傳染病……」

「所以要打敗他，恐怕不容易，」碎冰若有所思地說：「我們得想出一個很好的方法才行。」

清天轉向灰翅，他知道他這輩子最信賴的貓就是灰翅。「你認為我們應該怎麼做？」他問道。

灰翅眨眨眼睛，陷入思考。清天靜候灰翅回答，同時注意到雷霆也同樣緊張地想知道灰翅的答案。

拜託你告訴我們該怎麼做，清天從來不曾開口求過他弟弟。這會是第一次嗎？

「現在要反擊一眼，還言之過早，」灰翅喵聲道，並且立刻抬起尾巴要正想開口反駁的鋸峰安靜。「聽我說，一眼知道清天已經逃離森林。」

清天點點頭，但是聽見灰翅這樣形容他的隱退，心裡有點不太舒服。

「所以他一定會猜你是跑去求援，」灰翅繼續說道，同時環顧貓群：「你們不覺得他早就準備好等我們自投羅網嗎？現在又有那麼多惡棍貓聽命於他，我們不可能成功。」

「諒他們也不敢動我們。」泥掌低吼道。

「你這個鼠腦袋！」鼠耳用尾尖彈打泥掌的耳朵：「那你的建議是？」他問灰翅。

「我們需要一點耐心，」灰翅回答：「我的方法得仰賴大家的膽識才能辦到。你們願意加入嗎？」他逐一看著每隻貓兒，直視他們的眼睛。

貓兒們熱情響應，應和聲劃破寧靜夜色，直抵天上繁星。清天好生欽羨。

灰翅真的很懂得如何贏取貓兒們的向心力！要是我也能像他這樣就好了。如果當初我對邊界的事不要那麼堅持，也許就不會落得今天的下場。

清天甩甩毛髮，很想要像清理毛髮上的灰塵和皮屑一樣甩掉懊悔的心情。現在才去想自己也許、應該、或早該做什麼，恐怕為時已晚。

「我的建議是這樣，」灰翅繼續說道，其他貓兒聚攏過來，「我們應該先去找熾烈之星。因為先前帶回來的那些樣本早在我們搞清楚它的功效之前就乾枯了。但冬青現在非常需要這種藥草。要是我們能有熾烈之星，以後只要有貓兒染了這種病，就能立刻治癒。這代表如果……我的意思是如果我們決定反擊一眼，在體力上，我們就占了優勢。」

「可是熾烈之星在轟雷路的另一頭。」梟眼反駁道，他瞪大眼睛，憂心忡忡。

灰翅憐憫地看他一眼。「你要投降了嗎？」

「不！」梟眼憤慨地說：「我只是認為我們得很小心，因為常有貓兒慘死在轟雷路上，」他的聲音顫抖，同時又追加了一句：「我不想看到有貓兒死在那裡。」

麻雀毛伸出腳爪，輕刷他的腰腹，安慰她弟弟。

「的確有貓兒慘死在那裡，」灰翅同意道：「不過也有很多貓兒安然穿越轟雷路，甚至有貓兒曾毫髮無傷地抵達熾烈之星所生長的地方。取回熾烈之星這件事至關重要。如果治不好這種傳染病，早晚我們都會死在它手上，道理就是這麼簡單。」

「灰翅，你說得對。」坐在貓群最後面的閃電尾這時站了起來：「這值得冒險一試，但問題是我們要對熾烈之星很有把握才行，可是我們怎麼知道它是有療效的藥草？」

「是星花告訴我的。」雷霆說。

「又是那隻貓！」閃電尾身上的每根毛髮都豎得筆直。「你相信她？」

「我相信！」雷霆一躍而起，直接面對年輕的黑色公貓。「我相信她說的每一句話。」

「原來你比我想像得還要鼠腦袋。」閃電尾駁斥道。

「你又不認識她，」雷霆憤怒地說：「你到底不喜歡她哪一點？就憑你那無法解釋的直覺嗎？」

清天驚訝地聽著兩隻年輕公貓針鋒相對。**我猜他們兩個是好朋友**，現在卻劍拔弩張地誰也不讓誰。貓兒們面面相覷，低聲咕噥，似乎也像閃電尾一樣不太願意相信星花。

我不認識星花，清天心裡想，**不過她倒是挺能讓貓兒們對她產生愛恨分明的情緒。**

「夠了！」灰翅的聲音充滿權威。「閃電尾，你說得對，我們沒有理由相信星花——但也沒有理由不相信她，更何況如果我們再不採取行動，冬青就會一命嗚乎。」

這番話令抗議聲安靜了下來。閃電尾不安地聳聳肩，只好坐下來。

「這個探險隊由我來帶隊。」雷霆說道，同時上前一步，站在灰翅旁邊。但後者搖搖頭，雷霆驚訝地眨眨眼睛。

「我們需要有貓兒留下來保衛坑地。」灰翅解釋道。「目前為止，我們還不知道一眼的盤算是什麼。」

雷霆心不甘情不願地點點頭。

「鋸峰，」灰翅開口道，同時朝灰色虎斑公貓轉身：「你可以帶隊嗎？」

鋸峰倒抽口氣。「我？」

清天突然感觸良深，他看著這位最年幼的弟弟，既同情他又對他深感愧疚。**當初他從樹上跌下來之後，我就認定他從此一無是處，結果害他現在變得這麼沒自信。**

「我相信你能勝任。」灰翅向鋸峰保證道：「你願意嗎？」

「灰翅，我……我很願意，」鋸峰結結巴巴：「但是我不能離開冬青。」

「鼠大便！」一個粗啞的聲音從營地另一頭響起。

清天轉頭看見冬青拖著病體爬到窩穴口聽他們討論。

「鋸峰，你當然可以勝任，」她繼續說：「也該是時候由你來帶隊領導了。」

「可是萬一……」鋸峰試圖爭辯，但他話愈說愈小聲，因為他不敢說出自己最擔心的事。

冬青哼了一聲。「我哪兒也不會去。你現在就給我去轟雷路的另一頭，把熾烈之星帶回來。」

「所以……你願意去嗎？」灰翅問道。

鋸峰朝他轉身，眼神激動。「我願意。」他語帶哽咽。

灰翅不浪費時間。「我們今晚就行動，」他喵聲道：「鋸峰，你和隊員們最好在出發前先休息一下。你們得趕在太陽升起時抵達轟雷路。太陽升起後，才方便你們工作。」

鋸峰點點頭。「灰翅，要派誰跟我去？」

「最好帶閃電尾一起去。」灰翅想了一下說道。

閃電尾一臉訝色。清天可以理解他何以如此驚訝。**選一隻根本不相信星花的貓？**但他隨即明白灰翅的睿智。閃電尾總是做最壞打算，這表示一有麻煩，他會立刻察覺。

年輕黑貓敷衍地點頭答應。「好啦。」

灰翅猶豫了一下，彷彿還在考慮挑選第三隻貓兒。但清天趕在他開口前走到他旁邊。「我去，」他喵聲道：「我以前去過那地方，所以我知道去哪裡摘熾烈之星。」

灰翅直視著他的眼睛。「好吧，」他終於答應，不過語調裡帶了一絲勉強，然後又壓低聲音說：「但你要保證不會又要求大家都得聽你的。這是我交付給我們弟弟的任務，我希望給他機會證明自己的價值，你能接受這一點嗎？」

清天忍氣吞聲地回答：「當然可以。」但又暗地裡對自己說，只要一切順利，我當然不會插手管事。

他環顧四周，看見雷霆在其他貓兒之間走動，安排營地的守衛事宜，至於被選中從事遠征的貓兒，則回到窩穴稍作休息。

我們能夠這樣齊心合作，真是太好了，清天心想，但又仍不免疑慮貓兒們是不是正步上死亡之途。

一眼在好整以暇地等我們上門嗎？

第十九章

那天晚上灰翅把自己的窩分給清天睡，但清天睡得極不安穩，以致於當灰翅輕戳他腰腹，喵聲說：「時間到了。」他立刻就驚醒。

寒風灌進窩裡，窩穴入口外的天色正要亮起。清天走進空地，隱約看見高影坐在守望岩上，雷霆站在坡頂。泥掌、碎冰和斑皮也在那裡，繞著坑地間隔排開。

站在岩石底下的閃電尾已經準備就緒。起初清天沒看見鋸峰，後來才瞄到他從冬青染病前與他共用的窩穴走出來。

生病的母貓身姿搖晃站在他後面。「鋸峰，路上小心，」她粗啞說道：「我知道，你一定可以表現得很好。」

「我是為了妳才去的，」鋸峰回答：「我一定會帶熾烈之星回來治好妳的病。」

兩隻貓兒深情對望，清天尷尬轉身，連跑帶跳地越過坑地，去找閃電尾。過了一會兒，鋸峰也來了，精神抖擻地說：「好了，我們走吧。」他帶隊爬上坑地頂端，其他貓兒跟在後面，目送他們上路。

「一路順風，」斑皮喊道：「要帶很多藥草回來哦！」

「小心一眼哦！」碎冰追加一句。

鋸峰自豪地抬起頭。「他就最好不要讓我們碰到！」

清天心想他這個弟弟恐怕還不曉得他們冒險穿越森林這件事要是被一眼得知，會多危險。但他默不吭氣。

「清天，我們一抵達轟雷路，就由你來帶隊。」他們在徒步越過高地，往森林的方向走去時，鋸峰下達了這樣的指令。「然後你和閃電尾盡可能地採集藥草，盡量大把地摘，我負責把風。回程時再由我來帶隊。閃電尾，你壓隊殿後，有任何問題，立刻警告我們。」他的目光掃視他們。「都清楚了嗎？」

「沒問題。」閃電尾回答道，清天點頭同意。

其實清天覺得這有點好笑，但只能強忍住。他心想這種事也不用現在就交代得這麼仔細吧。不過另一方面，他又很高興見到鋸峰對這份工作的用心。**也許在他體內也存在著某種領導魂吧。**

清天刻意配合著他弟弟的瘸腿速度走在旁邊。「快當父親的感覺如何？」他問道。

他原以為鋸峰會興奮地回答他，感性地說很謝謝冬青願意為他生小貓，但沒想到他弟弟的反應很不一樣。

「我幫冬青準備了我們的臥鋪，」他喵聲說：「也努力狩獵，帶更多獵物回來幫她補充體力。當然我以前也練習過啦。我是說龜尾的小貓還很小的時候，我就幫她帶過小貓了。」

清天很驚訝他的說法未免太務實。「我是問你感覺如何？」他問了一次。

鋸峰遲疑了一下，回頭看了看離他們有兩三隻狐狸身距離的閃電尾一眼。「我可以承認——我很害怕嗎？」他問道：「我的意思是，我以前又沒當過父親！」

清天噗嗤笑了出來，過了一會兒，鋸峰也笑了起來。

「你知道嗎？」清天盡量收起笑意，喵聲說：「以前你不太敢承認自己很害怕。你會惱羞成怒，找我吵架，然後去做一些蠢事來證明自己。你……」他突然中斷，心想會不會說得太過頭了。

「這倒是真的，」鋸峰語氣平和地說道：「我受傷後，腦袋一直很亂。」

清天點點頭。「我知道我當時沒幫上忙，」他承認道：「我不應該讓你離開我的團體，我應該對你好一點。」

鋸峰停下腳步，直視他哥哥。「謝謝你，」他喵聲說：「你這番話對我來說意義重大。你以前從來不表示歉意的。」

清天還來不及回答他，閃電尾就跑了過來，來回覷看清天和鋸峰。「真高興看見你們兩個相處融洽。」他挖苦道。

「那你和雷霆呢？」鋸峰問道：「昨晚他回營地，你好像不太高興見到他。」

「哎，你又不是不知道怎麼回事。」閃電尾回答。

「呃……我是不知道啦。」鋸峰搖頭回答，但清天總覺得他其實很清楚。

閃電尾沮喪地低吼一聲：「那隻母貓星花把雷霆迷得昏頭轉向。他實在是笨到根本搞不清楚她的意圖。」

「她有什麼意圖？」清天問道。

「我其實也不曉得，」他慢條斯理地說道，顯然是想讓自己冷靜下來。「但我總覺得她怪怪的，我感覺得出來她另有企圖。要不是雷霆被她迷昏了，他自己應該也看得出來。」閃電尾大聲說，肩毛豎了起來。

「我們不能對別的貓兒這樣妄下斷語，」鋸峰說：「記得嗎，是星花告訴我們熾烈之星可以治病。」

「是啊，但我還是不太相信。」說完，閃電尾就聳聳肩，走到前面去。

等到他們抵達森林的外圍時，只見光禿的林子陰森橫亙眼前，曙光微弱，視線不太清楚。

「從現在起，保持安靜，」鋸峰下令道：「我們得在不驚動一眼的情況下穿越森林。清天，你可以帶我們走捷徑到轟雷路嗎？」

清天點點頭。「我們得從那棵枯死的白蠟樹附近出去。那裡離熾烈之星生長的地方不遠。」

現在換成他帶隊。三隻貓兒默不作聲地穿梭林間。清天豎直耳朵，張開下顎嗅聞空氣。一眼和惡棍貓的氣味像下過一場雷雨似地完全滲進這座林子，但味道很陳腐，看來這幾天都沒有貓兒經過這裡。即便如此，當清天終於帶著他們從轟雷路邊緣的林子裡走出來時，還是長吁了口氣，白蠟樹就在附近，在帶狀草地上張牙舞爪著褪色的樹枝。

「鼠耳說他可以從地面的振動來判斷有沒有怪獸衝過來。」鋸峰喵聲道。

「沒錯，」清天伸出一隻腳爪，放在轟雷路黑色的堅硬表面上，他的爪墊沒有感覺到任何一絲振動。「我想現在就是個好時機。」他回報道。

鋸峰揮動尾巴，示意隊員，然後一瘸一拐地越過一半的轟雷路，抵達路中央那片狹長的草地。清天再次查探路面的振動聲，最後終於完成穿越轟雷路的任務。兩邊來向都沒有怪獸經過。

「時間還早，」清天低聲道：「也許怪獸們都還在睡覺。」

「不管原因是什麼，」鋸峰附和道：「能這樣輕鬆地完成任務，我就很開心了。」

清天聽見他弟弟這樣說，突然有種不祥的預感。**我就不相信事情有這麼容易。我總覺得好像有什麼壞事快發生。**

現在又輪到他帶隊，循著以前走過的路進入沼澤地，逐漸遠離一眼和惡棍貓的臭味。清天漸漸聞到泥巴和死水，以及腐爛草葉的氣味。

「高影很喜歡這地方，」他對閃電尾說，同時皺起鼻子，防堵那味道。「我真不懂為什麼。」

曙光正在點亮天空。清天隱約看見淺淺的光影反照在一畦畦的水池上，池邊環生著蘆葦與長草。有隻鳥兒隱身某處，發出尖銳叫聲。腳下地面潮溼，每踩一步，溼氣就跟著滲進爪墊裡。

「如果我住在這兒，一定會變成青蛙。」他嘟囔道。

清天最後停下腳步。四周一股清新的花香撲鼻而來。又長又尖的枝椏映襯在在天空下，五瓣的黃花開滿枝頭。「就是這裡。」他喵聲道。

他和閃電尾馬上動工，咬斷莖梗。鋸峰爬上土堆把風。等到他們採集到足夠大把的藥草時，太陽已經完全升起，清冷的陽光灑上溼地。四周蟲鳴鳥叫不絕於耳，微風將燈芯草吹得窸窣作響。

好吧，我現在幾乎能懂何以高影會看中這地方，清天心想。

「希望星花說的是真話。」閃電尾端詳著那一大團黃花：「如果這玩意兒真能治好冬青，那就太棒了。」

「就暫且相信它會吧。」清天回應道。

他想起已與他斷絕往來、仍留在一眼營地裡的花瓣和小貓們以及其他森林貓。一眼曾說過，貓兒會生病，而且會生不如死。莫非他們當中有誰曾生過這種病？

真希望也能給他們一些熾烈之星，以防萬一，他焦慮不安地想道，但若是一眼趁機作亂呢？他甩甩身子，**你這個笨毛球，一眼肯定會趁機作亂！**

「走吧！」他朝其他貓兒喊道：「該回去了。」

他和閃電尾對分了放在他們中間的藥草，然後張嘴緊緊含住，鋸峰帶隊，小心張望四周，調頭朝轟雷路回去。

看來他們在沼澤地幹活兒的時候，怪獸們已經醒來，又在憤怒地吼叫。牠們的刺鼻臭味在貓兒們趨近轟雷路時迎面襲來。他們看著全身發亮的猛獸從眼前飛奔而過，捲起狂風，毛髮跟著翻飛，留下來的臭氣令他們幾乎窒息。

「照這情況下去，我們恐怕得在這兒耗上一整天了。」時間流逝，怪獸一頭接一頭，中間完全沒有歇息的空檔。

最後怒吼聲漸息，空氣總算多少清澈。這一頭的轟雷路到中央草地這一段已經淨空。清天檢查一下地面的振動聲，隨即點點頭。

「走吧！」鋸峰吼道。

三隻貓兒緊挨彼此，疾步越過轟雷路的黑色路面。清天恨透腳下的路面。他們緊跟著彼此，在路中央那片草地上伺機等候第二次的橫越機會。

鋸峰看著清天再度伸出腳爪，放在路面上，查探有無怪獸即將奔來的振動聲。起初清天覺得一點機會也沒有，因為他看得到怪獸就在離他一條尾巴距離的地方一頭接一頭地奔馳而過。最後終於出現空檔，他的爪墊只感覺到輕微的振動聲。

「可以了。」他滿嘴莖梗地含糊說道。

鋸峰揮動尾巴，三隻貓兒動身橫越轟雷路。但才走到一半，一頭怪獸不知道從哪兒冒出來，睜著火球般的大眼，發出刺耳尖叫，朝他們衝將過來。

「快點！」清天尖聲大叫，嘴裡的藥草掉了大半。

他從鋸峰後面用力一推，將他推到草地邊緣的安全地帶，結果雙雙絆倒，腳爪纏在一起，胡亂揮舞。怪獸跟著呼嘯而過，閃電尾也及時落地翻滾，怪獸嘶吼聲漸遠。

「喲，自己送上門來啦？」一個聲音在他們頭頂上響起。

清天愣住，抬頭一看，發現一眼正居高臨下地瞪著他，嘴角扭曲成一抹冷笑。

「你這個長滿跳蚤的傢伙！」清天啐口道。

一眼沒有回應，還是冷笑地繞著他們轉，三隻貓兒奮力爬起，甩掉身上的草屑。

「這是什麼？」他繼續說道，緩步朝閃電尾走去，狠狠打了那隻年輕貓兒的頰邊一掌，害他嘴裡的藥草都掉了下來。「天啊，」他又說道：「我好像沒准你們來摘這東西吧。」

「這關你什麼事！」鋸峰駁斥道，一無所懼地面對一眼。「我們根本不需要你的准許。」

一眼偏著頭，假裝在思考。「我想也是，」他喵聲說：「是啦，是啦，你說得對，我不該這麼放肆。」

清天小心翼翼地觀察惡棍貓，他知道這其中必定有詐。

沒過一會兒，一眼的眼神突然一黯，聲音尖銳冰冷。「惡棍貓，給我上！」他一聲令下，同時退到一旁。

清天瞠目看見一眼的手下從矮木叢底下蜂擁而出，他們全身毛髮凌亂打結，一雙雙不懷好意的眼睛沾滿眼屎，數量似乎比當初趕他離開營地時還要多。

帶頭的惡棍貓撲上清天，清天及時滾開。

「懦夫！」一眼嘲笑道：「你從來沒跟我交過手，一對一地交手。」

清天怒聲一吼，朝一眼衝了過去，但好幾隻惡棍貓立刻撲上他的背，將他壓制在地。他扭過頭，從側邊看見閃電尾和鋸峰正在和一群惡棍貓廝殺。儘管一眼的手下個個瘦骨嶙峋，但打起架來威猛無比。

我們根本寡不敵眾，仍被兩隻惡棍貓緊緊壓在地上的清天心想道。

就在這時，他驚恐發現有兩隻惡棍貓正將閃電尾逼回轟雷路，眼見就要被奔馳而來的怪獸的黑色巨爪碾過。清天奮力想推開身上的惡棍貓，但他們的重量壓得他根本使不上力。

這時荊棘叢裡傳來一聲怒吼，橡毛衝進空地，撲上正在攻擊她哥哥的惡棍貓們，利爪戳進惡棍貓的肩膀。

惡棍貓痛得慘叫一聲，弓起背，放開閃電尾，朝橡毛揮出一拳。閃電尾趁他分心的當下，掙脫另一隻惡棍貓，將自己摔回草地邊緣，及時閃過轟隆奔來的大怪獸。

一眼看見橡毛出手相救，怒聲咆哮。惡棍貓們聞聲朝他轉身，立刻衝上去開打。

「快跑！」清天吼道。

他使力爬了起來，推了前面的閃電尾和鋸峰一把，隨即往林子深處衝進去。

「我不能丟下橡毛！」閃電尾反駁道。

「你幫不了忙的！」清天又推了他一把。「快跑！」

閃電尾氣餒地大吼，聽命跑開。三隻貓兒竄進林子深處，慌亂穿梭荊棘叢和蕨葉叢，不顧一切地往前奔逃。

清天回頭看了最後一眼，只見一眼正猛毆著橡毛的頭。他的心揪成一團，他不想拋下她，但他自身難保，救不了她。

一眼早晚會毀了這座森林，跟在鋸峰和閃電尾後面跑的清天心想道，**我們一定得想辦法把他趕出去才行。**

第二十章

清天和他的同伴們察覺一眼和他的手下沒追上來，便放緩了腳步。但回高地的這條路似乎怎麼走都走不到盡頭。閃電尾肩膀受傷，正在流血，瘸腿的程度跟鋸峰幾乎不相上下。清天的尾巴刺痛，好像是被惡棍貓咬傷，而且每寸肌肉都在疼痛。

鋸峰腳步沉重地走在路上，一逕低著頭。他沒有外傷，但尾巴拖在地上，看上去每一步都走得費力。

清天一臉同情地看著他，一句話也沒說。他的弟弟第一次擔任隊長，就失敗收場，哪怕這一切根本不是他的錯。因為不管是誰上場，都打不過一眼和那群惡棍貓，絕不可能全身而退。

他們剛抵達營地，其他貓兒便緊張地簇擁而上，詢問他們結果如何。

「發生了什麼事？」

「你們怎麼受傷了？」

「熾烈之星呢？」

起初他們都沒回答。清天只覺得筋疲力竭，剛剛才打過一架，再加上方才忙著逃命，到現在胸口都還喘不過氣來。閃電尾和鋸峰也仍氣喘吁吁。但大夥兒還是將他們團團圍住，清天覺得自己都快透不過氣來了。

礫心好不容易擠到前面。「你們退後！」他告訴其他貓兒：「給他們一點新鮮空氣好嗎？」

貓兒們聽命後退，清天才漸漸不再胸悶，於是環顧四周，尋找灰翅。他弟弟站在離他有兩三條尾巴距離的不遠處，靜候大夥兒的熱潮褪去。

鋸峰第一個開口說話。他緩步走向灰翅，垂頭喪氣地站定在他面前，「我失敗了，」他哽咽道：「對不起。」

「發生了什麼事？」灰翅問道。

「我沒帶熾烈之星回來。」

清天走到他旁邊，尾巴擱在他小弟肩上。「我們回程時，遭到一眼攻擊，」他向灰翅解釋：「我們跟他還有他的惡棍貓打了起來，結果弄丟了熾烈之星，這不是鋸峰的錯。」

令他驚訝的是，儘管灰翅臉色鐵青，眼裡卻流露出讚許的神色。「熾烈之星這件事的確是個壞消息，」他喵聲道：「不過一眼這件事倒算是個好消息。很遺憾你們遭到攻擊，不過我早就料到了。」

「你說什麼？」清天驚訝地捲起尾巴：「你希望一眼剝掉我們的皮嗎？」

「當然不是，」灰翅回答：「幸好你們平安無恙。不過他現在一定以為我們只是一群懦夫，也認定我們不敢再惹事生非。所以這表示我們可以開始進行下一階段的計畫。」

「什麼計畫？」清天問道，一臉躍躍欲試。他其實很不爽被他弟弟差點說是懦夫，但他不想讓他瞧見他自尊受創的表情。

「我正在完善最後的細節，」灰翅告訴他：「我們日落時再碰面，到時再跟你們詳細說明。」

清天巴不得快點知道，興奮到連爪墊都微微刺癢。他正要開口追問下去，卻被灰翅制止。

「先讓雲點好好檢查你們的身體，」他喵聲道：「然後休息一下，吃點東西。高影帶隊出外狩獵過，所以營地裡有很多獵物可以吃。」

清天的肩膀垮了下來。他一心只想找到方法擊敗一眼，但他弟弟的這番話也不無道理。「好吧。」他嘟囔道。

「我去找冬青。」鋸峰看起來還是很垂頭喪氣：「我保證不會靠她太近。我只是需要當面告訴她，讓她明白為何我沒帶回熾烈之星。」

「我相信她會諒解的，」灰翅向他保證。「還有一件事，鋸峰，」他在他弟弟轉身離去時補了一句：「這趟任務其實沒有失敗，你幫忙製造出了一個煙幕彈，讓我們有機會可以真正執行反擊計畫。謝謝你，我們還是有機會打贏這場仗。」

✦✦✦

「請所有貓兒都到岩石底下集合！」

太陽正要下山，紅霞滿天，高影的吼聲在營地裡迴盪。和灰翅同住一個地道的清天從裡頭往外張望，雲點和鋸峰也正從冬青的窩穴裡走出來。在金雀花叢底下分食獵物的閃電尾、泥掌和斑皮，急忙吞下最後一口食物，在岩石附近找到位置坐下。本來在和麻雀毛、梟眼玩耍的鼠耳，也帶頭去找自己的同居室友。原本在坑地的坡頂站崗的碎冰和雷霆隨後也走了下來。

貓群一集合完畢，灰翅和清天就從窩穴裡走出來，鑽到貓群中央。高影仍待在岩石上，斜傾耳朵仔細聽下方動靜，同時眼觀八方，留意高地有無入侵者。

「所以計畫到底是什麼？」清天質問道。他已經充份休息和進食過，再加上雲點敷在他尾巴上的牛蒡根，如今體力已經恢復大半。但他的不耐像螞蟻一樣爬上身上。

灰翅用尾巴示意其他貓兒後退，自己留在中間，然後開始在地上用爪子畫圖。

「你們看，」他慢慢解釋，清天趨近去看。「這是森林，這是我們住的坑地，這是轟雷路，這是那條河，這是風奔住的裸岩區，這是四喬木的空地。所以……」灰翅的腳爪啪地一聲打在圖中央，以目光探詢四周的貓兒，想知道有無貓兒聽懂他的意圖。

清天不解地皺起眉頭。「可是那裡……什麼也沒有啊。」

「沒錯，」灰翅對他哥哥得意地點點頭。「這地方很空曠，離任何貓兒住的地方都有段距離，算是一個開闊的空間，任何一隻貓兒待在這裡，都很容易遭受攻擊。」

梟眼爬了過來，仔細研究地上的圖，眼睛逐漸瞪大到像他的名字梟眼一樣。「你意思是……在那裡攻擊一眼？」他呼出一口氣。

「這就是我的意思。」灰翅語氣肯定。

清天發現貓兒們不安地看著彼此，這時雷霆開口：「我不確定這方法好不好。」

四周貓兒發出驚呼聲，清天也很驚訝。「這是我兒子說的話嗎？」他說道：「是那位跳躍功力一流、腳掌巨大的英勇戰士雷霆嗎？沒想到他竟然畏戰？」

雷霆上前一步，環顧貓群。「我們已經見過太多的死亡與破壞，」他為自己辯解：「貓靈們曾告誡我們，不團結就只有滅亡。也許一眼有了森林之後，就很滿足了，所以我們應該讓給他。」

清天瞪著他兒子，覺得好像不認識他。「你能接受這樣的結局？別忘了你有多擅長森林裡的狩獵。你願意從此再也不涉足森林？」

雷霆面有疑色。「我不知道，」他自承道，同時伸出巨大的腳爪刮著地面，「我只是試著去做對的事情。」

「我們也一樣，」清天反駁道：「但對的事情不是什麼也不做。」

「而且橡毛怎麼辦？」閃電尾喵聲問：「我不能把我妹妹獨自丟在森林裡跟一眼為伍。」

「好吧，」雷霆退讓道，不過看來還不是很情願，「但我們趕走一眼的時候，可以不要殺他嗎？否則我們就跟他是一樣貨色了。」

最好是有這麼容易解決，清天心想，因為他知道惡棍貓有多歹毒。他大聲說：「只要我們有辦法叫他離開——我對這一點沒有意見。」

正當雷霆和清天言詞交鋒之際，一隻母貓的聲音突然從坑地上方傳來。「要不要我幫忙？」

閃電尾轉過身去，惱怒到全身毛髮都豎了起來，但沒有吭氣。

「她是誰？」清天問他兒子，這時母貓身段優雅地走下來。**她真是漂亮，**他心裡暗自讚賞那身金黃色的虎斑毛髮以及暮色中閃閃發亮的綠色眼睛。

沒有貓兒答腔。新來的母貓走進坑地。「我叫星花，」她喵嗚道，同時對清天很有禮貌地點頭致意。「我是一隻在找家的惡棍貓。若需要作戰，有我的幫忙，對你們來說是如虎添翼，不信你們問雷霆……」

貓兒們全都轉頭去看雷霆。清天看見他兒子不安地蠕動著腳，看上去尷尬極了。**原來她就是星花！**儘管眼前要面對的問題很棘手，但清天還是忍不住想笑。**誰會想得到呢？原來雷霆在追求這隻美麗的母貓！**

不過其他貓兒顯然不覺得好笑。

「我們不需要妳的幫忙。」閃電尾喵聲道，他的身體僵硬，毛髮豎得筆直，而且還忙不迭地伸出腳爪，塗掉灰翅畫在地上的記號，不過清天注意到星花早就看見地上的圖了。

星花迎視閃電尾的怒目。「沒關係，」她平靜地說道：「我不會待在不需要我的地方。」她轉身離開。

清天正想開口說點什麼，雷霆搶先開口。「回來，星花！」他喊道。

其他貓兒竊竊私語，毫不隱晦他們的驚訝。

「為什麼不能加入我們？」雷霆轉身質問他們：「你們不覺得我們現在最需要的就是幫手嗎？你們沒聽到她的名字嗎？星花！就是她告訴我熾烈之星可以治病的。或許她也知道還有別的地方也生產這種植物。但你們卻要趕她走？」

星花停下腳步，謙虛地垂下頭。「我對這附近的植物的確很熟，」她喵嗚道：「不過我想我還是走好了。我看得出來我不受歡迎。」

「不，別走。」雷霆求她。

清天看見雷霆和星花凝視著彼此。「我明天再回來，」母惡棍貓承諾道：「也許到時候會有轉圜的餘地。」她轉身緩步離開。

雷霆轉身再度面對貓群，眼裡燃著怒火。他憤怒地縮張著爪子。「謝謝你們的『支持』。」他憤憤不平地說道，語調諷刺。

「雷霆，」清天婉轉地開口道：「現在大家的心情都很亂，很難分得清楚誰可以相信。」

「你以前就很相信一眼，不是嗎？」雷霆回嗆他。

「是啊，所以你看我現在是什麼下場？」清天反駁他。

雷霆氣憤難平地甩甩身子。清天原以為他會追出去找星花，沒想到他竟然很識大體地留在原地。

「所以我們的計畫是什麼？」雷霆心不甘情不願地問道：「我們把一眼誘進高地裡的那片空地……然後呢？」

灰翅重新繪出地上的圖，繼續說道：「我覺得我們可以從四面八方進攻。」他喵聲道，同時用腳爪指著每個地方：「從這裡，從風奔住的地方——還有也許也會有森林貓前來支援我們。」

「我從不敢相信橡毛竟會願意站在一眼那一邊。」閃電尾插嘴道。

「我也不敢相信快水會那麼做啊。」高影從岩石頂端說道。

「我相信花瓣會站在我這邊。」清天補充道。

灰翅點頭同意。「我也會請河波幫忙。」

「這方法或許管用，」仍坐在岩石上的高影大聲說道：「但我們要怎麼把一眼誘到高地呢？」

「而且還不能有他的惡棍貓隨行，」鋸峰直指重點：「如果他躲在一大群惡棍貓後面，我們根本動不了他一根寒毛。」

清天頓時覺得肚子裡像吞進石頭一樣千斤重。他知道這個時候是該輪到他來彌補自己曾犯的錯了。「你們覺得一眼最恨誰呢？」他問道。所有貓兒都看著他，但誰也不敢出聲，於是他代他們回答：「是我，我們在轟雷路旁遇到他的時候，他就曾奚落我從來打不贏他。所以如果我去下戰帖，要跟他一對一地單挑，他一定會來。」

「我會自己去那兒，」他繼續說道：「但你們必須算好時間趕來支援，要是沒及時趕到，我必死無疑。」

「清天，不行，」灰翅駁斥：「這做法太危險。」

但清天已經下定決心。「我會把一眼帶到那裡，但我也會親眼看著他被我們趕出這裡。我不想死，但我沒辦法躲起來，眼睜睜看著別的貓兒受死。就讓我們齊心協力地趕走一眼，再來想辦法對付眼前的疾病。」

清天看見貓兒們點頭稱是，也聽見他們低聲感佩他的見義勇為，心裡不免燃起一線希望。**我們正在齊心協力地反擊那隻惡棍貓**，他心想，**也許這就是貓靈們的旨意。**

第二十一章

討論結束之後，灰翅沒有回到自己的窩穴，反而緩步走上斜坡，到坑地邊緣坐了一會兒。他凝視著天色，夜幕緩緩降臨，幾近滿月的月亮跟著現身，不見任何一絲雲彩，冷冽的銀色月光灑向高地，點亮每座岩石和大片草原。

太好了，灰翅心想，**今晚正好天時地利都有了。**

他回頭看了一下，確定沒有貓兒跟在後面，這才起身步入高地，朝他建議清天正面對決一眼的所在空地前進。他打算利用今晚查探地形，幫清天找出一個最適合伺機等候的決戰點，確保沒有任何意外。

就地繪出作戰計畫的方法目前還算進行得順利，但萬一出了任何差錯，責任一定是歸在我身上。我本來想把領導權交給雷霆，他挖苦自己，**沒想到我還是上場了，而且還幫自己挖了一個坑。**

等到離開坑地有段距離後，灰翅開始尋找最佳的決戰點。他需要一個附近有一些掩護的開放空間。或許是裸岩、坑地、荊棘叢……任何可供清天的戰友藏匿的地方。因為要是貓兒們不能及時趕到協助清天，那就大事不妙了。

灰翅緩步繞著一叢金雀花轉，心裡盤算這裡面可以躲幾隻貓，就在這時，一股熱辣辣的狐狸臭味竄進喉嚨裡。

好噁哦，臭死了！他心想，全身跟著緊繃。

空氣中瀰漫著血腥味，這狐狸不知道宰了什麼東西，現在應該正在回窩穴的路上吧。**太好了！**

灰翅離開金雀花叢，緩步走去探查幾座大圓石。月光下，大圓石閃爍著詭異的白光，地衣覆著岩石表面。

高地被成堆的大圓石籠罩在幽暗的陰影下，當灰翅走進暗處時，腳下突然一個踩空。沙質地面鬆軟，他無助地往下滑，腳爪胡亂抓耙，想攀住什麼，不讓自己掉下去。但這時坑底有個比陰影還深的東西突然以後腿站了起來，可怕的咆哮聲瞬間劃破空氣。

是狐狸！

灰翅嚇得不知哪來的力氣，連忙將爪子戳進鬆軟的土裡，用力往上一蹬。但離坑頂仍有一條尾巴的距離。

哎喲！

灰翅一陣劇痛，後腿被狐狸的尖牙戳進去，拖下坑底。

不！灰翅驚恐嚎叫，掙扎著想要脫身，但狐狸咬得更緊。他從來沒有這麼痛過，哪怕是在那場森林大火裡。灰翅扭動身軀，揮出前爪，試圖將爪子戳進狐狸體內，卻驚見一雙兇殘饑餓的眼睛在黑暗中閃閃發亮。狐狸硬是不肯鬆口。

掙扎過程中，灰翅瞄見兩三隻蝙蝠從月亮前方飛掠而過，影子滑過他身上。他閉上眼睛，想到他和龜尾一起撫養長大的小貓們。**莫非這就是我這一生中眼裡見到的最後一幅影像？**

狐狸咬著他的後腿前後甩動，灰翅重撞地面，喘不過氣來，他又感覺到胸口發悶。

他快沒力氣了，他救不了自己。

這時他聽見上方某處傳來響亮的吼叫聲。狐狸八成也聽到了，暫停動作，灰翅就這樣被牠叼在嘴裡，身子無力下垂。灰翅虛弱地抬頭張望，驚見風奔的朋友灰板岩正在離他們最近的大圓石旁朝下窺看。

「快逃！」灰翅哽咽道。

但灰板岩反而從掩護處走出來，繞著坑地轉，她的嘶聲愈來愈大，漸漸變成威嚇的怒吼。她似乎一點也不怕狐狸。

「你以為你打得過我嗎？你這滿身跳蚤的傢伙！」她奚落牠：「上來試試看啊。」

縱然狐狸聽不懂她的話，但那嘲弄的語氣已經夠清楚。牠怒吼一聲，扔了灰翅。灰翅全身發抖地躺在地上，喘不過氣來。他抬頭一看，只見狐狸跳上斜坡，撲向灰板岩。

但灰板岩速度更快。她旋身一轉，瞬間逃開。灰翅的視線裡失去她的蹤影，他好不容易爬出坑地，這才看見她正衝向附近的荊棘樹，尾巴在後方搖來甩去。

狐狸的速度比她慢。灰翅發現原來牠是瘸著腿跑，甚至瞥見牠肩上有骨頭外露。

啊，原來牠受傷了，他心想，**所以才會躲在下面**。

灰板岩一跑到荊棘樹那裡，立刻身手俐落地跳上樹枝，爬到樹頂。月光下，她濃密的灰色毛髮被染成銀白，閃閃發亮的眼睛像極了兩顆小月亮。她下方的樹枝不停搖晃，但她一無懼色地穩住自己。

「哇，你好聰明哦，」她揶揄狐狸：「你把我困在樹上了，我好害怕哦！」

雖然受了傷，又體力耗盡，但灰翅仍然被她的話逗得快要笑出來。狐狸看起來很沮喪，不停低吼，伸爪刮著樹幹。牠抓不到灰板岩，而且八成知道她隨時可以跳下來，反正牠也追不到。

灰翅拖著疼痛的傷腿，小心翼翼地悄悄爬離坑地，躲進兩座大圓石中間的窄縫裡，讓狐狸找不到。他在狹窄的空間裡轉個身安頓下來，等著看接下來會發生什麼事。

他必須承認，他很欣賞灰板岩的勇敢。**她雖然曾被狐狸攻擊，而且她哥哥是為了救她才喪命，但她還是冒著生命危險前來幫我。**

灰板岩和那隻狐狸僵持許久，灰翅只聽到蝙蝠的拍翅聲和吱吱叫聲，然後就突然聽見高地遠處傳來另一隻狐狸的吠聲。

完了！他心想，一時間恐懼上身，**我們要怎麼對付兩隻狐狸呢？**

所幸那隻受傷的狐狸踉蹌站了起來，牠一聽見遠方的吠叫聲又響起時，便一瘸一瘸地朝聲音的方向離開。灰板岩等了一會兒，確定狐狸已經消失在夜色裡，才從樹上跳下來，調頭走回大圓石這兒。

灰翅奮力爬出藏身處。「謝謝妳！」他大聲說：「妳真厲害！」

灰板岩沒有停下腳步，反而直接從他身邊走過去，灰翅目不轉睛地看著她。只見她一臉興味地回頭瞥了一眼。「跟我來！」她喊道。

灰翅趕緊跟上去，試圖讓自己的呼吸恢復平順。**我可不想讓她覺得我是個可憐蟲。**

灰板岩帶著他穿越高地，來到一處隱密的水池，池邊有燈芯草環生，在夜風裡輕搖款擺，輕柔地沙沙作響。灰色母貓伸腳踩進水裡，直到池水淹上腳爪，水面濺起水花，銀光璀燦。

「來啊！」她朝灰翅喵聲道，彈彈耳朵，示意他過來。

灰翅涉水過去找她，驚訝發現此刻雖是深夜，但這水竟是溫熱的。

「怎麼會……」他正要開口。

「這裡的水很淺，」灰板岩解釋道，早猜到他要問什麼。「水底是黑色的岩石，白天吸足了太陽的熱氣，所以即便到了晚上，水溫還是熱的。感覺很棒，對不對？」

「的確很棒！」灰翅附和道，水波輕柔到他全身完全放鬆。**誰會想得到把腳打溼竟然也可以這麼舒服？**

「這附近的岩石叫做灰板岩，」母貓告訴他：「我的名字就是以它們來命名。我們可以用這裡的水來洗滌你身上的傷口。」

灰翅站立不動，讓灰板岩舀水澆他後腿，直到疼痛幾乎消失。「感覺舒服多了。」他喵聲道。

「你很幸運，」灰板岩告訴他，同時嗅了嗅傷口：「傷口不是很深。」她抬頭望著灰翅，繼續說道：「你喜歡我的祕密基地嗎？你應該要覺得很幸運我帶你來這裡。只有很特別的貓兒，我才會邀他們來哦。」

灰翅頓時感到有些尷尬，坐立難安。「我不太習慣被這樣大費周章地招待。」他嘟囔道。

灰板岩的琥珀色眼睛瞪得斗大。「你不知道大家有多敬佩你嗎？」她問道。

現在輪到灰翅一臉訝異了。「妳怎麼知道別的貓兒對我的看法是什麼？」他好奇問道：「妳跟風奔住在一起，而那兒離高地上的其他貓兒都很遠欸。」

「但我相信風奔告訴我的每一句話，」灰板岩回答：「她說了很多有關你的事，而且都是好話哦。」

母貓的話令灰翅驚訝到不知該如何回答。他步出水池，輪流甩乾每隻腳。「呃……我應該回坑地了。」他喃喃說道：「他們需要我。」

「真的嗎？」灰板岩優雅地從水池跳到岸上，站在他旁邊。「我們那天見面時，你給我的感覺是，你對你在坑地的家有一種很複雜的感情。」

灰翅看著她，一臉不解。「這話什麼意思？」

「你好像沒有讓自己真正安頓下來，」灰板岩聳個肩：「我意思是，你幹嘛晚上沒事自個兒跑到高地來晃？」

她的問題問得灰翅有點心慌。「如果妳一定要知道答案的話……」他防備地說道：「我只是在勘查這裡的地形。」

灰板岩噗嗤笑了出來。「你在什麼？」

「我要找一個適當的決戰點，」灰翅解釋道，又過了一會兒，不知道怎麼回事，他竟就全盤托出整個經過：一眼是如何把清天趕出森林，還有他和夥伴們計畫如何引誘一眼到高地，與他正面對決。「這是我想出來的計畫，所以我必須確定這方法管用。」他說完了。「只是沒料到我會在這裡遇見受了傷的暴躁狐狸……」

灰板岩一邊聽，一邊坐在池邊的長草叢裡弄乾自己的毛髮。「這計畫聽起來很棒。」她說道，同時在草葉間摩搓身子。「我也想幫忙。」

「不行！」灰翅立刻出聲拒絕：「這不是妳的問題，我們不該把妳牽扯進來。」

「誰說我要跟你們去決戰？」灰板岩問道：「不過你會需要風奔和金雀毛幫你。但他們又不能把小貓丟著不管。所以要是他們願意跟你們聯手並肩作戰，我可以幫忙看顧小貓。你應該有想到小貓的安全問題要怎麼處理吧？」

「有，我有想到！」灰翅脫口而出，卻發現自己其實沒有。「如果妳願意在我們決戰時，幫忙照顧小貓，我會非常感激，」他繼續說道，同時不好意思地垂下頭。「為什麼我總是欠妳很多人情？我好像一碰到妳，就變得很沒用……」

「你當然很有用！」灰板岩向他保證道，然後走向他，用尾尖輕觸他的肩膀。「是誰想出這套計畫來對付一眼？是你啊！來吧，」她繼續說道：「我陪你走回坑地——就是你很愛的那個地方。」

灰翅與灰板岩並肩走回營地，竟意外地覺得心情格外平靜。他們的步伐速度極有默契，感覺像是認識了許久。

我好像什麼事都可以告訴她，他心裡想。

「如果作戰計畫順利完成，」他開口道：「也許我就有機會去實現其他的點子。比如住到別的地方，哪怕這代表我得自個兒過活好一陣子。」

灰板岩在穿越高地時始終沒有停下她那穩健的步伐，不過卻愈來愈挨近灰翅，毛髮輕刷著彼此。「你其實不必自個兒住。」她喃喃說道，眼睛在月光下閃閃發亮。

灰翅突然緊張到胃抽緊。**她的意思跟我想的一樣嗎？**但他沒有回答，因為似乎找不到任何言語足以表達他的感受。

我怎麼會這麼強烈地依戀和倚賴一隻才剛認識的貓兒呢？

第二十二章

第一道微弱的曙光才悄悄穿過窩穴入口，雷霆就醒了過來。他搖晃著爬起，走進坑地，停下腳步，弓起背，伸了一個大懶腰。空氣清新冷冽，白霜蒙上了每片樹葉和草葉。

禿葉季快到了，他心想。

他很快地梳理好毛髮，準備出發去拜訪風奔和河波，請他們提供一臂之力對抗一眼。**我沒把握風奔會加入我們**，他心有疑慮地想道，**她曾說得很明白，她不希望被打擾。至於森林貓，我就先暫時不去找他們了**，他心裡做了決定，同時想起清天剛掌管森林時，只要有誰越過邊界，都會受到他的攻擊。一眼對於領地的守護，恐怕比他還要激進。**或許等計畫制訂好，我就會想出辦法來跟森林貓談**。

雷霆朝坑地邊緣緩步走過去，驚見灰翅正坐在高影常待的岩石上，於是繞過去找他說話。

「你有看到什麼嗎？」雷霆從岩石底下喊道。

灰翅搖搖頭。「什麼動靜也沒有。」

兩隻貓兒一度陷入沉默。但雷霆總覺得心裡有些話不吐不快。「灰翅，你當初為什麼要離開？」他脫口而出：「你不知道我很需要你嗎？」

灰翅瞇起眼睛，低頭看著雷霆。「你不需要我，」他回答：「如果你一直認定你需要我，將永遠無法成長。」

真的是這樣嗎？雷霆不安地想道，極不願接受他叔叔的這番說詞。「可是你現在會留下來了，對不對？」他問道。

灰翅抽動一隻耳朵，遠望高地，眼裡有某種雷霆讀不出來的東西。他還沒回答，閃電尾就從窩穴裡跑出來，跳到雷霆旁邊。「我跟你去。」他開口就說。

雷霆暗自壓下怒氣，**閃電尾憑什麼認為我想要他跟我去？他對星花的態度那麼惡劣。**但雷霆也提醒自己，閃電尾向來支持我。**現在就快決戰了，我們的情誼比什麼都重要。閃電尾會想通的，等他更瞭解星花之後，就會知道自己的猜疑多沒根據。**「好吧。」他喵聲道。

灰翅又從岩石上面往下看。「你們兩個最好快點去。愈早知道誰能幫助我們愈有利。」

雷霆在閃電尾的陪同下，穿過高地，但一路上仍想著灰翅的事。他不想說話，最後是閃電尾打破沉默，以不可置信的語調問他：「你還不跟我道歉？」

雷霆驚訝地停下腳步，瞪著他看：「道歉？為什麼？」

「你自己很清楚啊，」閃電尾甩著尾巴反駁道：「你丟下我們，跑去跟——跟那隻惡棍貓玩。」

雷霆怒火中燒。「不准用那隻惡棍貓來稱呼她！」他嘶聲道。

「為什麼不行？她本來就是，」閃電尾堅稱道：「你要搞清楚，她跟我們不是同路人。」

此刻的雷霆努力按壓下自己的怒氣，才沒衝過去揍他的室友。「什麼叫做『同路人』？」他問道：「你是指當初從山裡來的貓？還是坑地裡出生的貓？」

閃電尾沒料到他會這麼問，頓了一下。「呃……是啊，這個定義還不錯。」他終於回答。

「那我一樣也不是你們的同路人，」雷霆呸口道：「因為我是在兩腳獸那兒出生！我媽是隻惡棍貓，要不是灰翅帶我回來，我也會變成惡棍貓。」

「但那不一樣……」閃電尾反駁道。

「也許就是這原因，我才覺得我跟星花特別投緣，」雷霆繼續說，彈動著尾巴，不理會他朋友的解釋。「因為在我們心中，我們都很清楚原來自己始終都是外來者。」

「這太可笑了吧！」閃電尾大聲說：「你才剛認識她多久？再說你根本不是外來者。」

「這件事我不想再談了，」雷霆喵聲道，爪子戳進地上，以免自己衝動地耙抓閃電尾的耳朵。「我是這個團體的首領，我可以自己決定想跟誰在一起。」

閃電尾的眼裡閃過受傷的神色。「原來如此！所以其他貓兒的意見都不重要？」

雷霆沒有回答，只是轉身背對他，自顧自地越過高地。他發現閃電尾沒有跟上來，不免擔心他的夥伴自己回家去了，但又突然聽見雜沓的腳步聲，原來閃電尾又追了上來，走在他後面。

灰翅曾告訴雷霆，風奔窩穴所在的裸岩區位置。但他還沒抵達那裡，就在小水池旁遇見風奔，她嘴裡叼著一隻老鼠，正從蘆葦叢裡鑽出來。她停下腳步，等候雷霆和閃電尾過來，但眼神沒有歡迎的意思。

「你們要做什麼？」她問道，同時放下嘴裡的獵物。

「很抱歉來打擾妳，」雷霆喵聲道，禮貌地垂頭致意。「妳的小貓們還好嗎？」

「好多了，」風奔扼要回答：「不過染病的獵物也愈來愈多了。」

「這也是我來這裡拜訪妳的部份原因，」雷霆告訴她：「記不記得貓靈們提過熾烈之星？我們認為它就是這種病的解藥。」

風奔瞪大眼睛。「你們認為你們找到解藥了嗎？太好了，誰要去把它摘回來？」

「我們有幾隻貓兒昨天去過了，但遭到一眼的攻擊。」雷霆開口解釋：「我們還沒派第二支隊伍去找。」

「為什麼不趕快派去找呢？」風奔厲聲問道。

「因為我們有別的計畫，」雷霆告訴她：「所以我們來找妳幫忙。」

風奔立刻面露疑色。「幫什麼忙？」

「那隻邪惡的惡棍貓一眼把清天趕出了以他為首的團體，」雷霆解釋道：「我們想到一個反擊一眼的計畫，但我們需要得到各方的協助。」

風奔表情似乎不解。「你們要我上場作戰，去幫忙清天？你們是鼠腦袋嗎？」雷霆開口正想解釋，棕色母貓卻低吼打斷他：「想都別想。」

「妳別忘了貓靈們說過的話，」雷霆提醒她：「不團結就只有滅亡！我們需要互相幫忙。」

「我說過，想都別想，」風奔重複道，語氣毫不妥協。「我離開你們，就是為了保護我的家人，這也是我目前很努力在做的事，我們在這裡過得很好。」

雷霆瞇起眼睛，瞥了那隻小老鼠一眼，那是她唯一捕到的獵物，「你們真的過得很好嗎？」他問：「連我們都很難找到沒有染病的獵物，更何況我們的貓兒數量還比你們多。」

「所以你有更多張嘴巴要餵飽啊。」風奔反駁道。

「或許吧，不過妳的小貓們真的有足夠的獵物可以吃嗎？」

風奔抽動雙耳。「我已經給了你我的答案，」她粗聲說道：「你們現在可以走了。但如果你們找到了那種花，還是要回來告訴我。」

閃電尾上前一步。「所以妳只肯接受我們提供的好處，卻不肯出點力回報我們？」母貓的黃色眼睛瞪了他一眼。「我住在你們那裡的時候，失去了兩隻小貓，」她提醒他：「所以你們欠我幾朵花當解藥也不為過吧？」說完拾起獵物，趾高氣昂地走了。

雷霆嘆了口氣，目送她走遠。**我還真是會喬事情**。

他氣餒地聳聳肩，朝河的方向走去，只希望等一下找河波談的時候，可以順利一點。「你這次講話要有點技巧，」過了一會兒，他告訴閃電尾：「我們真的很需要河波在戰場上的協助，所以用友善一點的方式可能比較有效。」

閃電尾沒有回答。

「現在是怎樣？」雷霆頓時惱火，「我們是在冷戰嗎？」

他的夥伴默不作聲了一會兒。「我現在只對我們的團體忠心不二，」他終於開口：「但不是對你。」

什麼跟什麼啊？雷霆瞪著他。「你真的要為了一隻母貓跟我絕交？」他質問道。「怎麼？你是在嫉妒我嗎？」

閃電尾眼裡的怒火瞬間被點燃。他毫無預警地甩了雷霆一巴掌，接著撲上他，將他壓在地上。兩隻公貓就在枯葉堆和結霜的草地上扭打成團。

「我不需要你的認同，」雷霆咬牙切齒地低吼，前爪毆擊閃電尾的肚子。「目前為止，我的領導工作做得很稱職，不是嗎？」

閃電尾為了回答他，硬是把雷霆翻了過去，壓在他背上，前腿勒住他脖子。「你掉進那隻惡棍貓的陷阱裡了！」他吼道：「只有你看不出來！」

「就算這是個陷阱，但她能從我這裡得到什麼？」雷霆問道，猛力甩掉身上的閃電尾。

「我不知道，」閃電尾承認道：「但從我第一眼看見她，就覺得她別有企圖。不管那企圖是什麼，絕不是什麼好事。」他突然決定不再跟他打鬥，於是往旁邊跳開，甩甩毛髮，朝河邊的方向走去。「這太蠢了，」他一邊走一邊說：「我們應該專心找貓兒來協助我們作戰。」

雷霆也跳了起來，跟在他後面走。「你的意思是你不會再跟我嘮叨星花的事？」他問道。

閃電尾沒有看他。「快走啦。」他嘶聲道。

等到那條河映入眼簾，太陽已經升起，河面波光粼粼，雷霆朝河裡的踏腳石走去，但就在他跳上第一塊踏腳石時，竟發現閃電尾停在水邊，表情不解。

「我們得過河啊？」他問道：「我不知道要過河欸。」

「當然要過河，」雷霆回答：「河波住在島上，他有點怪，他不怕水。」

閃電尾表情僵硬地點點頭。河水沖刷著踏腳石，他跟著雷霆後面走，爪墊沾到水的感覺令他慌張到皺起眉頭。雷霆也不喜歡把腳打溼，但他一句話也沒吭。**我才不要讓閃電尾聽見我在抱怨呢。**

河波的島嶼四周環生著蘆葦，島內有灌木挨著水邊緊密叢生，成為屏障。他們從蘆葦叢旁邊輕刷而過，蘆葦輕柔地沙沙作響，再加上流水聲潺潺，雷霆突然能領會何以河波喜歡這地方。可是當他硬穿過蘆葦叢，從堅硬的蘆葦梗中間經過，再滿腳泥濘地爬上河邊的草地時，剛剛的領會立刻又煙消雲散了。閃電尾一臉嫌惡地跟在後面，嘴裡嘶聲作響，四隻腳輪流地甩，試圖甩掉腳下的泥巴。

「這裡還不夠隱蔽，對吧？」

雷霆一聽到聲音，立刻跳了起來，原來是從灌木叢裡出來的河波，他滿臉興味地看著兩隻貓兒，一身飄逸的長毛在陽光下閃著銀光。

「你們兩個偷偷摸摸的，跟偷跑來的野狗沒什麼兩樣，」他繼續說道：「我大老遠就瞧見你們來了，好吧，有什麼事需要我效勞？」

雷霆先很有禮貌地垂頭致意，然後才坐下來向河波解釋有關熾烈之星的事。閃電尾趁機坐下來洗他的腳爪。

雷霆說完後，河波點點頭，表示理解。「還有呢？」他問道。

他怎麼知道還有別的事？雷霆納悶。「一眼把清天趕出了森林，奪走了他的首領地位，」他喵聲說：「灰翅想到一個辦法可以打敗一眼，但是需要幫手。你願意加入我們，跟我們一起趕走一眼嗎？」

河波想了一會兒才回答：「可以啊，」他最後同意。「但我必須警告你們。以前我跟一眼有一些過節，相信我，他不會認輸的，所以問題不在於把他趕走，而是得殺掉他才行。」

「我們也是這麼想，」雷霆告訴他，並盡量藏起失望的表情。「這也是灰翅的計畫。」

河波點點頭，眼神堅定。「有灰翅背書，我就會參加，也會要求我的貓兒加入。」

「我們還在想要跟一些森林貓聯繫，」雷霆繼續說道，很是欣慰有河波這樣一位可敬的前輩願意挺他們。「因為不是所有森林貓都希望一眼當他們的首領，但我還想不出任何辦法可以在不撞見一眼和其他惡棍貓的情況下與他們碰面接觸。你有什麼想法嗎？」

河波搖搖頭。「不用想了，」他勸道：「要是一眼發現有任何森林貓跟你們交談過，一定不會讓他們好過，他對凌虐這種事是樂此不疲的。」他總結。

雷霆相信這位前輩的話不假。他謝過河波，與他道別，這時銀色公貓突然正色。

「小夥子，你要小心點。」河波一本正經地說道。

「你這話什麼意思？」雷霆不解地問道。

「我以為你知道。」河波回答：「我告訴過灰翅很多次：我是無所不知的。」

雷霆覺得他這話說得有點好笑，但他還是再次謝過他，隨即緩步離開。雷霆一邊踩上踏腳石，一邊甩甩頭。**今早我還以為我什麼事都懂，但顯然我錯了……**

兩隻貓兒一路無語地朝營地走回去。雷霆想到橡毛還留在一眼的營地，只能在心裡安慰自己別太擔心她。她很強韌。雷霆只希望她能好好照顧自己。**或許這也是閃電尾的脾氣何以如此暴躁的原因，他太掛心他妹妹了。**

但看見閃電尾自顧自地走在前面，雷霆還是覺得有點受傷，他不明白為什麼他的朋友就是無法信任他所做的決定。**像我就覺得我可以完全信任他，但為什麼偏偏在這件事情上，他就是不肯支持我？**

雷霆以為事情不可能再糟了，卻沒想到一回到營地，就看見星花在坑地裡跟高影談話，而閃電尾一見到她，立刻嫌惡地冷哼一聲跑開。

雷霆一看見星花跳上斜坡來找他，心跳馬上加速。

「真高興見到你，」她喵嗚道，身子刷過他身側。「高影跟我說你不在時，我好失望哦。」

「我回來啦。」雷霆喵聲道，隨即蹙起眉頭，覺得自己的語氣太蠢。

「我有好消息要告訴你，」星花大聲說道，綠色眼睛閃閃發亮。「我在河邊附近找到一小塊地方有熾烈之星。不多啦，但足夠治病了。而且不需要穿過轟雷路哦！」她停頓了一下，因為雷霆沒有答腔，於是她問：「你為什麼看起沒有很興奮？」

雷霆吞吞口水。**我為什麼沒有很興奮？**星花剛剛才告訴他一個很棒的消息，他卻心存懷疑，就像閃電尾的心態一樣。**星花真是別有企圖嗎？還是只是因為閃電尾把他的疑慮灌輸進了我的腦袋，害我也變得跟他一樣疑神疑鬼？**

「這真的是很棒的消息，」他敷衍道，暗自希望她不會因此對他感到失望。「妳可以帶我去嗎？」

「我還以為你不問我了呢。」星花揮動尾巴喵聲道：「我們走吧。」

雷霆跟著她走出營地，順道回頭一望，發現閃電尾正用一種不以為然的眼神瞪著他看，結果反而令他莫名地洋洋得意起來。

「我剛跟灰翅的小貓玩了一會兒，」他們並肩穿過高地，朝河的方向走去時，星花告訴他：「梟眼和礫心還有那隻受傷的小貓麻雀毛，他們都好可愛哦。」

「是啊，他們都是很棒的小貓，」雷霆附和道：「我不敢相信一眼竟然會傷害她！你知道一眼吧？」

星花點點頭。「我們見過。」

「那妳應該知道他是什麼德性，他還把清天從他的營地裡趕出來！不過我們不會饒過他的，」雷霆自信滿滿地說道：「我們正在擬定計畫，打算在空曠的高地把他解決掉。如果妳願意的話，也可以來幫忙。」

第二十三章

曙光漸亮，清天張大嘴巴，打了一個大呵欠，又眨眨眼睛。坑地上方的天空猶如知更鳥的蛋殼那般澄藍。地平線上的一抹紅暈是太陽正要升起的地方。

他坐在灰翅窩穴的入口。四周有其他貓兒陸續現身，準備迎接新的一天。過了一會兒，清天看見龜尾的三隻小貓正在離他幾步遠的地方梳理毛髮，礫心尤其小心避開麻雀毛的傷口，清天看見這隻小貓如此聰慧，一顆心頓時暖了起來。

閃電尾蹲在坑地靠中央的地方，饑腸轆轆地大啖老鼠，但目光始終跟著雷霆和星花轉，他們在高影的岩石底下緊緊偎著頭。閃電尾眼裡的不悅和猜疑就像溫熱的獵物氣味一樣明顯。

清天不確定高地上的貓群准許星花在坑地裡過夜的這個決定是否明智。她帶雷霆去找過傳染病的解藥，但令大家失望的是，她找來的並不是真的熾烈之星，而是另一種類似的植物。星花似乎也和其他貓兒一樣失望，但清天不確定她是不是裝出來的。

但雷霆還是相信她，清天心想，**那小子戀愛了**。

雷霆和星花昨夜聊到很晚，最後惹得高影從窩裡出來，一臉疲憊和惱色地要他們閉上嘴巴，讓別的貓兒好好睡覺。

清天覺得這有點好笑，但好笑的感覺沒多久就消失了，因為他發現醒來的貓兒們沒有一隻過來跟他打招呼，完全對他視而不見。就連那些跟他一起從山裡出來，認識了他一輩子的貓兒，也沒過來招呼他。**我好像是外來者——我的確是啊。**

最後是灰翅朝他走來。「感覺如何？」他問道：「已經準備好在高地上單挑一眼了嗎？」

清天不需要被提醒。**難道我還要告訴我弟弟，我緊張到都快吐了？**他正在賭上自己的一條命，這樣的認知已經讓他從昨天早上就吃不下任何東西了。

雷霆和閃電尾已經告訴他，河波願意支持他們，但不確定風奔會不會出手幫忙。他們甚至沒找森林貓談過。清天一想到他拚死拚活地想保護森林貓，卻得不到森林貓的幫忙，就覺得心寒。

他們不會想要一眼當他們的首領，但他們實在太懦弱了。這時他突然想到一眼的惡棍貓手下，心想或許他的森林貓都是被迫的，他們很有可能淪為森林裡的囚犯。又過了一會兒，一個令他很不舒服的想法突然出現，**但如果他們真的想逃，還是逃得出來啊。**

「這一切真的值得嗎？」他垂頭喪氣地問灰翅。

他弟弟驚訝地瞪大眼睛。「我不敢相信你竟然這麼問！」他喵聲道：「難道不值得嗎？」

清天答不出來。他默默起身，跟在他弟弟旁邊，走到坑地邊緣。高影從岩石上方跳下來加入他們，其他貓兒也過來集合。清天發現獨缺冬青，因為她還病奄奄地躺在窩穴裡。雲點和鋸峰無視這種病的高度傳染性，幾乎寸步不離冬青病榻。

「再會了，」高影喵聲道，同時向清天垂頭致意。「祝你好運。」

其他貓兒也上前來，也祝他好運。

「你辦得到，清天！」

「扒了那隻瘋貓的皮！」

「祝你好運囉！」

「我們支持你！」

他們的打氣溫暖了清天的心，為他再度注入活力。可是當他朝營地外踏出第一步時，突然想到自己還有件事情得做。他要見冬青一面，提醒自己是為何而戰。

他轉身從貓群中間擠出去，穿過坑地，進去她的窩穴。冬青側躺在青苔臥鋪上，鼓脹的肚子裡懷著日益長大的小貓。鋸峰蹲在她旁邊，憂心忡忡地甩著尾巴，眼神煩憂。

雲點也在，正鼓勵冬青吃點艾菊。「冬青，妳必須撐住，」他喵聲道：「在我們找到熾烈之星前，這藥草應該對妳有幫助。我們解決掉一眼之後，就馬上到轟雷路的另一頭摘熾烈之星回來。」

「我們很快就會去摘了，」鋸峰保證道：「冬青，妳不會有事的，我們的小貓也不會有事的。」

清天聽不出來他弟弟是否真的相信自己說的話。

冬青眼神恍惚，似乎沒聽見雲點或鋸峰的話。清天凝神看她，他知道他不能再靠近，只能停在窩穴入口，他看得出來她全身疼痛，胸口劇烈地起伏，呼吸短促，喘不過氣來。

不能再這樣下去了，他心想。

他更堅定了自己的決心，於是轉身準備離開，這時他聽見沙啞虛弱的聲音：「清天，祝你好運。」

他回頭瞥了一眼，只見冬青的目光滯留在他身上，然後又突然皺起眉頭，似乎又痛了起來，緩緩閉上眼睛。

清天熱血沸騰，他要救活冬青，他要拯救所有病重的貓兒。**所以上場吧！**

清天從窩穴出來，重新與灰翅、雷霆和高影會合，其他貓兒恭敬地退開。

「灰翅，我會去森林邊緣挑釁一眼，」清天開口：「將他誘到你畫在地上的那個決鬥點。」他看了一眼天色，繼續說道：「我想我會在日正當中時抵達那裡，你們會藏在那兒等吧？」

灰翅點點頭：「我們一定會到。」

「我們會傳話給風奔和河波，」高影補充道：「希望風奔到時已經改變心意。」

「要是我們號召不到足夠數量的貓兒，」雷霆憂心忡忡地說道：「決定取消計畫，要怎麼通知你？」

「不必通知，」清天回答，鼓起勇氣，痛下決心。「我不會放棄這計畫，不管要付出什麼代價，我都要讓一眼再也見不到明天的太陽。」**也或許今天就是我在這世上的最後一天**，他用力甩動毛髮，拒絕多想。「我們要上場了！」他語氣篤定地說道：「只有不去嘗試，才會失敗。」

灰翅喵嗚肯定，與他輕觸鼻子。「我們的計畫不會取消。」他承諾道。

清天挺起胸脯，最後一次輕彈尾巴，朝森林前進。**這會不會就是我最後的結局？這會不會是我最後一次見到這些貓兒？如果今天我的生命就要結束，我會無憾嗎？**他深吸一口氣。**至少我和灰翅和解了。**

他忍住衝動不回頭去看坑地，強迫自己正視前方，面對自己的命運。

✦✦✦

清天蹲在一塊岩石後面，小心窺看離自己只有幾條狐狸身長之距的森林邊緣。雖然綠葉季的茂盛枝葉已然不再，徒剩灰槁光禿的林子，但仍看得出來上次大火摧殘後的少許燒灼痕跡。

清天很高興見到火災過後的殘破景象已是過去式，但這種得意的心情並未持續很久，因為沒多久他就瞧見多棵樹木都被鑿上很深的爪痕，形成圓形的符號，就像他在花瓣的爪墊上看到的那個戳記。

莫非一眼已經開始在各處留下他的戳記？他反問自己，同時想到自己以前雖然不曾在林子裡刻上任何記號，卻也曾沿著領地邊界留下自己的氣味作為記號，一想及此，便自覺慚愧。他聞到林子裡傳來一眼的臭味，頓時作嘔，但又突然想到一眼可能早就知道他來了，正伺機躲在某處矮木叢裡，不免全身緊繃了起來。

別自己嚇自己了！清天在心裡告訴自己，同時甩甩身子，**如果你老是以為一眼可能蹲在任何一株灌木底下，你恐怕就沒膽做任何事了。**他嘆了口氣，納悶何時才能終結這種卑鄙的入侵行為。

就是今天，他提醒自己。

清天把四隻腳爪藏在身子底下坐定，靜靜等候。他知道他一定會等到森林貓出來巡邏。**只希望他們是單獨出來巡邏，沒有一眼的惡棍貓同行**，他焦慮地想道。

「清天！清天！是你嗎？」

清天一聽見橡毛的聲音，立刻激動到全身震顫。他深吸口氣，聞到她的氣味，但花了一點時間才找到她，原來她蹲在林子邊緣一叢濃密的蕨葉底下。

「清天？」她又喊道，聲音低沉急迫。

清天在那一瞬間猶豫了一下。**她是在幫一眼和惡棍貓誘我出來，好把我解決掉嗎？**然後他深吸口氣，冷靜下來。他絕不相信這隻勇敢的栗棕色母貓會出賣他。**我完全相信她，哪怕她是在一眼剛接收我的團體時才加入。**

清天利用長草堆作掩護，壓低身子，爬了出來，走到藏在蕨葉叢底下的橡毛那裡。

「哦，清天，我聞到你的氣味時就心安了！」年輕母貓喵聲道，渾身發抖地緊挨著他。「跟一眼相處好可怕。我隨時都在擔心他用爪子攻擊我。」

「那妳為什麼要留下來？」清天發現自己很難同情對方。「妳可以逃啊，回到高地上的坑地。一眼在轟雷路那裡攻擊我們的時候，妳大可跟我們一起逃啊。」

橡毛瞪大眼睛，原本發抖的身體被他氣到全身僵硬。「你以為我想待在這裡嗎？」她質問道：「我留下來是因為我想找機會幫你。我自願參加邊界巡邏隊，就是因為我相信我也許會見到你或者遇見別的貓兒，那就可以請他們帶消息給你。」

「對不起，」清天趕緊舔舔她。「妳有聽到什麼消息嗎？」他滿懷希望地追問道。

接受了他道歉的橡毛搖搖頭。「沒有，不過我一直在打聽。」她緊張地將耳朵指向後方的森林。「我是跟巡邏隊出來的，」她低聲道：「他們一定就在附近。我們沒有太多時間了，告訴我，我可以幫你什麼。」

「有件事要請妳幫我。」清天不敢相信自己竟然這麼好運，可以在敵營當中找到一隻像橡毛這麼忠心的貓兒。「我要跟一眼對決，」他壓低音量很快地說道：「我需要妳幫我傳話給他，就說我要跟他來一場殊死戰。只要他跟我，一對一。告訴他日正當中時，我會在高地等他。」

「你是鼠腦袋嗎?你不能跟一眼單獨決鬥！」橡毛反對道，眼裡盡是驚恐。「他會把你撕成碎片。我不會幫你傳話的。」

「不會只有我一個，」清天向她保證：「高地上的其他貓兒會幫我。有河波，或許也有風奔和金雀毛。妳只要騙一眼是一對一的對決就行了。」他補充道：「妳可以說服他嗎？」

橡毛深吸一口氣，硬起頭皮。「為了擺脫那隻疥癬貓，我什麼事都願意做。」她承諾道。

「橡毛！」一個粗嘎的陌生聲音從林子深處響起。「妳在哪裡？快收起妳那條跳蚤愛咬的尾巴，滾到我這裡來，不然我就讓妳好看。」

橡毛全身發抖。「我得走了，你相信我，清天，我一定會盡我全力。」

清天還來不及回答，她就消失在矮木叢裡。

「妳到底跑哪兒去了？」那個聲音正在怒吼：「我聞得到那隻跳蚤貓清天的味道。妳該不會是在跟他說話吧？」

「是啊，我是，」橡毛的聲音傳進清天耳裡，語氣無懼。「但你可以把你的爪子收起來，因為他要我帶話給一眼。」

「是什麼事？」

「我自己會跟一眼說，」橡毛駁斥道：「還有你說話最好當心點，不然我就跟一眼說你在打探他的私事。」

對方沒答腔。然後就聽到漸遠的腳步聲，還有貓兒們窸窣穿越長草叢的聲響。清天放心地吁了口氣。

搞定了，從現在起，沒有回頭路了。

第二十四章

就快日正當中。禿葉季即將來臨，躲在岩層後方的雷霆隔著清冷的光線窺看廣陌的高地。旁邊的閃電尾蹲在另一頭，但感覺他們之間的距離很遙遠。

星花到哪兒去了？他心裡納悶。

金色虎斑母貓曾答應他要在這場戰役裡助他一臂之力，但自從她說她要去徵召些惡棍貓來幫忙，就離開了坑地，雷霆便再也沒見到她。雷霆不安地蠕動身子，暗地希望她不會出事。

「在想念你那寶貝的星花，對吧？」閃電尾問道，語調尖銳。

「你不要惹我，」雷霆嘆了口氣：「今天的日子很重要。」

閃電尾默不作聲，表情羞愧。「你說得對。只是……我怕你受到傷害。」

雷霆朝他轉身，很欣慰他的朋友敵意不再。「星花絕對不會傷害我，」他向閃電尾保證，尾尖輕觸他的肩膀。「我們很了解彼此。」

閃電尾的鬍鬚抽了抽，雷霆看得出來他並不相信，但還好什麼話也沒說。

後方傳來的輕巧腳步聲宣告著灰翅的到來。「高影、雲點和碎冰躲在那裡的坑地裡，」灰翅低聲道，同時用耳朵指著高地上一處被金雀花叢半掩的坑。「泥掌和鼠耳也跟他們在一起。有沒有看到那邊的荊棘樹？」他喵嗚說道：「梟眼和麻雀毛就藏在裡頭。」

「什麼？」雷霆反對道：「他們是小貓！不應該跟來的！」

灰翅意味深長地看他一眼：「你有沒有跟那種快長大的小貓打過交道的經驗？我記得以前有隻小貓腳掌很大，什麼事都想參一腳。」

雷霆點頭承認灰翅說得沒錯。**如果我跟他們的年紀一樣，也會想上場幫忙。不過還好，至少有礫心留在營地照顧冬青。**

「鋸峰和斑皮已經通知了河波和風奔。」灰翅繼續說道：「河波說他會在河邊密切監視，至於風奔，她這次沒說她不幫忙。我們只能暗自祈禱她和金雀毛真的會來協助我們。」

雷霆朝風奔居住的沙坑和岩堆方向望過去，他掃視那裡的高地，但沒看到有任何貓兒朝這邊走來。

閃電尾這時突然倒抽口氣，雷霆的注意力立刻被吸引回去，陽光太強，他瞇起眼睛細看。清天正緩緩走向高地中央。

他真的很聰明！雷霆看見他父親的步伐故意表現得自信卻又小心謹慎。**那樣子絕對不會讓別的貓兒起疑他知道附近埋伏了他的很多朋友。**

清天走到一座土丘上，面朝森林坐了下來，動也不動地靜靜等候。

雷霆發現自己也正屏息以待地看著遠方，等待一眼的到來。陽光灑在身上，旁邊的閃電尾不耐地彈著尾巴。「他到底在哪兒啊？」他嘟囔道。

這時雷霆的眼角餘光有動靜閃現。他旋身回轉，瞄見一眼。但惡棍貓不是從森林那頭過來，而是從附近的兔子洞鑽出來。

「地道！」灰翅語氣沮喪地嘶聲道：「我們怎麼沒想到呢？」

「我們早該料到一眼行事向來鬼祟。」雷霆回應道，全身毛髮都豎了起來。

清天霍地轉身，但遲了一步，一眼揮出的腳爪已經劃破空氣，撕破清天的耳朵。清天的臉當場血流如注，憤怒的他痛得放聲尖叫。雷霆看見他甩著頭，試圖甩掉流進眼裡的鮮血。

真是個糟糕透頂的開場！雷霆心想。

他縮張著爪子，戳進土裡，好想大吼一聲，從藏身處衝出去幫他父親。但是清天曾要求先讓他自己單挑一眼。「我必須讓他過度自信到一種程度。」他曾這樣解釋。

清天開始毆擊一眼，一拳擊中惡棍貓的肩。一眼改攻清天的喉嚨作為反擊，但清天及時跳開，躲掉他揮來的爪子。

令雷霆驚訝的是，這時一眼竟然退了回去，拉出一條尾巴的距離，緩緩繞著清天打轉，然後他的話在窒悶空氣裡清清楚楚地傳到雷霆耳裡。

「清天，你說你要跟我單挑。你是準備送死嗎？」

清天回答他。「今天只有一隻貓會死，那就是你。」

一眼發出憤怒尖嚎，再度撲上清天。他們在草地上不停扭打。起初雷霆很難分辨是哪隻貓兒占上風，直到清天瞬間仰躺在地，露出腹部。一眼狠揮腳爪，往他柔軟的腹部劃下去。

上！

雷霆跳出藏身處，怒聲吶喊，這是對一眼發動攻擊的專屬信號。

高地裡的草地極富彈性，雷霆不顧一切地往前奔馳。他看見清天搖晃著爬了起來，朝一眼嘶聲吼叫，試圖害他分神。但一眼早就聽見雷霆的吶喊聲，旋身一轉，注視著正朝他逼近的貓群。

沒錯，一眼，我們全上了！雷霆的四隻腳爪在草地上飛掠，感覺得到閃電尾正與他並肩奔馳，灰翅也緊跟在後。雲點也帶領其他藏身在金雀花叢裡的貓兒衝了過來。

雷霆瞄見一眼後方有河波、露珠和夜兒正從河岸那裡奔過來，還有……**太好了，是風奔！**金雀毛跑在她旁邊。他們正朝一眼逼近，清天往旁邊一跳，加入他們。

他們一定是把小貓們交給灰板岩照顧，這個念頭在雷霆腦袋裡一閃而過，因為他記得灰翅跟他說過夜裡與母貓的遭遇。**聽起來這隻母貓挺值得結識的。**

但這一閃而逝的念頭竟害雷霆分了神，結果一不小心踏進兔子洞，腳一個踩空，撞上地面，狼狽地滾了幾圈。

閃電尾的聲音突然響起。「雷霆，你看！」

雷霆奮力爬了起來，望見森林那頭有一整排的貓兒正朝高地奔來。他本來以為多少會有清天的一些森林貓在裡頭，但沒想到全是陌生的貓兒。**是一眼的惡棍貓！怎麼這麼多！**

這群惡棍貓一趨近，立刻分成兩股，其中一股往一眼和河波中間衝過去，另一股半途攔截風奔。有三隻貓兒朝著正帶領高地上的貓兒衝鋒陷陣的雷霆和閃電尾殺過來，他們尖聲怒吼，利爪盡出。雷霆只好往旁邊閃躲，跟在他後面衝的貓兒沒搞清楚狀況，氣喘吁吁地踉蹌煞住腳步，這時惡棍貓嘶聲吶喊，迎面撲來。

「快滾開！」雷霆放聲喝斥他們。「這場仗不關你們的事！」

惡棍貓們不為所動。雷霆的目光掃向一眼，後者已經跳上岩石，用僅剩的一隻眼睛，得意洋洋地看著眼前戰場。雷霆和他的貓兒們被惡棍貓擋下。雷霆想不透他們的計畫怎麼會出錯。

難道一眼早就知道我們會躲起來伺機出手幫忙清天？

一眼發出刺耳的大笑聲。「你們真的以為你們鬥得過我嗎？」他問道，聲音充滿嘲弄。「親愛的女兒，還不快出來見客？」

一隻金色的虎斑貓從貓群後面走出來。**不——不可能！是星花……**雷霆一臉驚恐地瞪看著那隻漂亮的惡棍貓從她父親旁邊跳出來。

她父親？我不相信！雷霆覺得自己嘴巴發乾，驚駭到心臟狂跳。他甚至不敢看閃電尾。他愧疚萬分，只覺得天旋地轉，就在那瞬間，天色整個暗了下來。

「雷霆，」灰翅的聲音在他旁邊某處出現，語調悲傷沉重：「你被出賣了。」

第二十五章

灰翅簡直不敢相信自己的計畫竟被徹底瓦解。**我讓我的夥伴們失望了。**但更令他痛苦的是雷霆那副遭到嚴重打擊的表情。

但現在沒時間多想了。惡棍貓們嘶聲作響，使出利爪，包圍他們。為首的是一隻瘦削的虎斑公貓，有一隻被撕爛的耳朵。他張開下顎，露出一口亂牙，匍匐前進，伸出利爪。**他們想嚇唬我們……他們成功了！我們根本寡不敵眾。**

這時荊棘樹的樹枝裡傳出尖叫聲，梟眼和麻雀毛的身影一閃而逝，朝惡棍貓們飛撲而來。

不！灰翅驚駭失措，**太危險了，小貓！**

但他發現小貓們的英勇反撲竟然奏效了。惡棍貓們被嚇得踉蹌後退，灰翅和其他貓兒正好趁他們分心之際逃竄離開。

「快跟我走！」河波揮著尾巴吼道。

他帶領貓群在高地上流竄，朝河的方向奔去，灰翅回頭瞥看，發現惡棍貓根本懶得追上來。

他們幹嘛追呢？他反問自己，心裡升起一股戰敗的苦澀，**他們已經把我們趕跑了。**

河波從河岸往下跳到狹窄的卵石灘上，灰翅不久前為了捕捉田鼠，才在那裡埋伏過。現在輪到他全身發抖地逃到離水邊這麼近的地方。

等到所有貓兒都跳了下來，河波才停下腳步，讓他們喘口氣。胸膛劇烈起伏的灰翅，環目四顧，想確定所有貓兒都逃出來了。兩隻小貓都在，他放下了心。其他貓兒也都在，只除了風奔和金雀毛。**還有清天也沒跟上來**，灰翅這才猛然想到他最後一次看見他哥哥時，齜牙咧嘴的惡棍貓正團團圍住他。**天啊，希望他還活著。**

貓兒們全擠在卵石灘上，瞪大眼睛看著彼此。「我們接下來該怎麼辦？」鋸峰問道：「清天還在那裡，我們不能丟下他。」

河波從貓群中間擠出去，朝上游的方向走去。「來吧，我們走這裡！」他喊道。灰翅跟在後面，腳下卵石冰涼溼冷。水流湍急湧向灘邊，有時候僅剩狹長的窄灘供貓兒排隊魚貫通過。**真的應該走這條路嗎？**他心想道，同時費力地在滑溜的石頭上保持平衡。

最後河波停在河岸一條地道的入口。「這條路可以帶我們回到高地。」他喵聲道。高影在入口處遲疑不決，低頭探看幽黑的洞口。「可能有別的生物住在裡面。」她開口反對。

「以前有獾住在這裡，但早就搬走了，」河波回答：「你們必須相信我。你們到底想不想救清天？」

他沒等他們回答，便率先鑽進幽黑的洞裡。高影聳聳肩，也跟了進去，其他貓兒只好緊跟在後。

才從洞口走了幾條尾巴距離的灰翅，起初仍可看見頭頂上有白色樹根交纏，形成地道的坑頂，但沒多久，入口的光線漸漸消失，他只能在黑暗中摸索前進。他感覺得到腳下土壤的潮溼，也聞得到四面八方的泥土氣味，高影的味道就在他前方。

為首的河波走得很快，經過旁邊一條支道時，完全沒有猶豫。灰翅試圖跟上他們的腳步，結果又開始像以前一樣胸悶疼痛。他總覺得這條漆黑的地道好似走不到盡頭。**等我們趕到時，清天八成已經陣亡了。**

這時他發現頭頂某處有微弱的光線滲進來。他又看得到走在前面的高影和河波了。光線愈來愈亮，直到正前方出現一圈白光。**我們就快到了！**灰翅心裡慶幸道。

到了地道出口，河波停下腳步。「我們要很小心，」他輕聲說道：「你們先等在這裡，我去外面查看動靜。」他壓低身子，偷偷爬出洞口。

灰翅看得到他正在四處張望，然後回頭用尾巴示意。「你們可以出來了。」他告訴他們。

其他貓兒跟在後面，小心翼翼地走出去。灰翅看見他們全鑽進金雀花叢裡。他隔著枝葉窺看，尋找清天的蹤影，結果眼前景象嚇得他縮起身子。

一眼和惡棍貓們已經將清天逼到一處岩石旁，他們將他團團圍住，不斷用話凌辱他，威脅著要如何修理他。

「你這隻疥癬貓！你是吃狐狸大便的啊！」

「我們會把你的腸子挖出來丟在高地裡！」

每隻惡棍貓都輪番上場，用後腿猛踹他肋骨。

清天仍用四腳站立，但已經搖搖欲墜。灰翅擔心再踹下去，他恐怕就要不支倒地。那隻被劃破的耳朵流淌下來的血就沾黏在他凌亂的毛髮上，但他的眼神依然抵死不從。

「我們得阻止他們殺了他。」灰翅喵聲道。

枝葉一陣騷動，風奔和金雀毛來了，「我們在等你們，」風奔很快地解釋道。「我們早料到你們會回來。一眼只忙著凌虐清天，根本無暇兼顧你們去了哪裡。現在我們該怎麼辦？」

灰翅這時發現每雙眼睛都轉向他。**這次我一定要想出一個好方法**，他心想道。天空萬里無雲，禿葉季的太陽仍高掛空中，陽光璀燦地灑向高地。灰翅突然靈光一現。

「我們可以藉助陽光。」他喃喃說道，自言自語。「但我們得先爬高，也許可以爬上麻雀毛和梟眼先前躲藏的那棵荊棘樹。」他的計畫在腦海裡漸漸成形，語氣愈來愈有自信，他繼續說道：「我們可以爬進樹枝裡面，然後朝一眼喊叫。他會抬頭查看，但陽光會照得他睜不開眼睛，看不見樹上都是貓兒。然後我們再趁機跳下來攻擊他！」

「這計畫太棒了！」碎冰開心地喵道。

他們一個接一個地從金雀花叢裡鑽出來，朝那棵樹偷偷溜過去，他們在地面匍匐前行，猶如在跟蹤獵物。一抵達大樹底下，立刻就爬上去，鑽進跟一眼及惡棍貓反方向的枝葉叢裡。灰翅爬上樹時，總擔心自己可能曝露在外，被他們發現，暗地希望樹葉能濃密到足以遮掩每一隻貓兒。但還好一眼和他的惡棍貓們都在忙著凌虐清天，根本沒注意到四周動靜。

灰翅從樹上的制高點，清楚看見星花正站在外圍，眼睜睜看著她父親和惡棍貓們毆打清天。他只希望蹲在旁邊樹枝的雷霆沒看到這一幕，但他看了他一下，只見他姪子表情驚愕，這證明他什麼都看見了。

「我很抱歉。」灰翅低聲說道。

「沒關係。」雷霆的聲音冰冷：「這只會讓我更下定決心要打垮一眼。」

「誰要出聲大喊？」風奔低聲道，這時候所有貓兒都已經爬上樹。「一定得是一眼也很恨的貓兒才行。」

「那就是我囉。」麻雀毛喵聲道。

「可是妳還是隻小貓。」斑皮反對道：「太危險了。」

「一眼殺了我父親！」麻雀毛露出尖牙。「我要為湯姆復仇。我會把一眼引誘到這兒來。」

沒有貓兒再出聲反對。灰翅以欽佩的眼神看著麻雀毛勇敢地繞著樹幹爬，小心攀著樹枝爬出去。她的重量壓得樹枝微微顫動，得費力穩住身子，但她始終沒有停下腳步，直到完全曝露在荊棘樹的外緣位置。

「嘿，一眼！」她喊道：「你要不要過來把事情做個了結啊?你太笨了，竟然讓我跟著清天跑了!你要不要也跟我打一架啊?你敢嗎?」灰翅看見一眼愣了一下，緩緩從清天那兒轉身，後者已經癱在地上，身體痛苦地扭動，但仍試圖站起來面對他的攻擊者。灰翅看見他哥哥承受這麼大的痛苦，心都快碎成兩半。

他傷勢那麼嚴重，就算我們打贏這場仗，但他能熬過來嗎？

「你——還有你！」一眼厲聲道，同時用尾巴指著兩隻貓：「給我好好看著這隻髒貓。剩下的跟我來，把那棵樹給我包圍起來！」

惡棍貓聽命照辦，迅速奔上高地，朝荊棘樹跑去。等他們就定位，一眼才好整以暇地走過來。「是妳嗎？麻雀毛？」他低吼：「妳要是想打架，我倒是可以讓妳打一場永生難忘的架，因為妳必死無疑。」

「你這隻跳蚤貓！」麻雀毛呸口道，她敏捷地跳上更高的樹枝，然後再往上跳，一再往太陽的方向移動。

一眼那隻兇狠的眼睛露出渴戰的怒火，他慢慢趨近荊棘樹，伸長脖子，仰看麻雀毛的去向。為了避開刺眼陽光，他瞇起眼睛。

「我們上！」灰翅低聲道。

他一下令，樹上的貓兒紛紛一躍而下，撲上一眼和附近的惡棍貓。驚叫聲瞬間劃破空氣。灰翅看見多數惡棍貓嚇得抱頭鼠竄，奔離高地。只剩下一兩隻留下來跟他的貓群扭打。

「膽小鬼！」他齜牙低吼，不過心裡還是暗自慶幸有這麼多惡棍貓選擇逃離這裡。

其中一隻留下來的惡棍貓正是星花。她面對雷霆，憤怒地揮出利爪，雷霆及時後退閃開，爪子只碰到他的毛髮。然後雷霆腳爪順勢一抬，使出尖爪，但頓了一下才往她腰側揮過去。兩隻貓兒互相怒哮，互撲上去，在地上扭打成團。

灰翅沒有再繼續觀戰，他還有別的事得忙，他在閃電尾和雲點的兩邊護駕下，親自撲向一眼。惡棍貓身子一癱，跌在地上，但就在灰翅泰山壓頂之前，他突然抬起後腿，猛踹灰翅的肚子。

雲點試圖勒住一眼的脖子，但惡棍貓頭往旁邊一扭，尖牙咬住雲點的肩膀。閃電尾試著從另一側逮住惡棍貓，但一眼伸爪揮向閃電尾的耳朵。

他的打法好像三個分身一樣！灰翅心想道。他感覺得到他因為想緊抓住一眼那瘋狂扭動的身子，胸口又開始發悶。他從來沒遇過這麼難纏的對手。

最後雲點和閃電尾分頭從兩側進攻，好不容易將一眼壓制在地。灰翅居高臨下地站在他面前，氣喘吁吁，一眼邪惡的黃色眼睛狠瞪著他。

灰翅抬爪正準備劃開一眼的喉嚨，結束這場爭鬥。但還沒出爪，便聽見雷霆憤怒的大吼。

「把他留給我！」

雷霆衝向一眼，用力推開雲點和閃電尾。他甚至等到這隻惡棍貓重新站起來，他才撲上去。雙方嘶叫怒嚎，尖爪利牙盡出，地上扭打。

灰翅突然注意到旁邊有身影一閃而逝，及時轉身，擋住星花，不讓她加入戰局。「退回去！」他厲色吼她，話語一畢，順勢猛力踹了星花胸口一腳。她只好退回去，嗚咽低泣。

這是為雷霆踹的，灰翅得意地想道。

他確定星花不再是威脅之後，便把注意力轉回戰場。這時突然一片寂靜。雷霆、閃電尾和雲點居高臨下地站在一眼動也不動的屍首前面，擱在地上的頭顱呈現出某種奇特的角度，顯然脖子被扭斷了。

「他死了！」雷霆喵聲道。

星花發出悽厲哭號，從地上爬了過去輕觸她父親的鼻子。看著她悲痛的表情，灰翅差一點就想同情她。**差一點**。

「把她趕走！」雷霆下令，語調冰冷。「她沒那資格在這裡傷心憑弔一眼，叫她滾！」

第二十六章

雷霆默默看著星花朝他走來，那雙閃亮的綠色眼睛以哀求的目光望著他。「雷霆，他是我父親，」她喵聲道：「求求你讓我跟他道別。」雷霆只覺得全身冰冷，就像灰翅以前跟他形容的那種感覺一樣。「真有趣，以前我們在一起的時候，妳怎麼沒說他是妳父親？」他冷哼一聲，不屑地大笑。「不過話說回來，我們從未『在一起過』對不對？因為這全是謊言！」

星花眼裡閃過受傷的神色。**那是為了她父親才會有那種表情，不是為了我**。雷霆告訴自己，**我真的好蠢**，一想到過往種種，他就覺得丟臉。更糟的是，他現在看著她，竟然還會覺得心動。他必須努力假裝自己再也不在乎她。不過只要一想到她過去是如何利用他，他就能再鐵起心腸。

「雷霆，求求你聽我說，」星花繼續說道，又朝他走近一步，甜美的氣味再度縈繞他四周。「我是真的喜歡你。在四喬木遇見你，在高地上招呼你，帶你去祕密花園……這些都是我自己的主意。」

「妳以為我會相信妳嗎？」雷霆的語調軟了一點。

「是真的，只是後來我父親發現我跟你在一起，才要求我應該利用我們的親密關係來查探其他貓兒的動向。」她低下頭去，看著自己的腳爪。「我在祕密花園跟你道別後，一眼就等著我，他偷聽到我們的談話，於是派我跟蹤你。我躲在你們營地外面，偷聽你們的計畫。」

雷霆眨眨眼睛，**難怪我聽到腳步聲，我還以為是誰在跟蹤我！**「所以一眼才會在轟雷路旁埋伏我們，」他喵聲道：「然後妳又帶我去看另一種跟熾烈之星扯不上關係的植物，目的就是要從我這裡探出消息。」

星花垂下頭。「是的，可是當我告訴你熾烈之星是解藥時，這話是千真萬確的。你必須相信這一點。」

「我曾經相信妳說過的每一句話，」雷霆告訴她：「我曾經——我曾經……」

「你曾經什麼？」星花像燃起一線希望似地鼓勵他說出來，眼巴巴地望著他。

「被玩弄，」雷霆回答，簡單地用三個字徹底表達他的心寒至極：「所以我不會再上當了。」

他轉身背對星花，無視她的存在，這時他看見高影猶如統帥似地揮動尾巴，走上前來。「我們還傻傻待在這裡幹嘛？」她問道：「既然打敗了一眼，還不快去摘熾烈之星。」

「妳說得沒錯。」雷霆附和道。**當星花說熾烈之星就是解藥時，我的確相信她。而她現在也沒有欺瞞的必要了。**

「我會帶隊穿過轟雷路去採集。」高影俐落宣布。

這時河波和風奔已經走到清天那裡，他全身是血地躺在草地上。雲點和斑皮低頭查探他，麻雀毛和梟眼則是爪間抓著一大坨蜘蛛絲，嘴裡叼著大把的藥草衝了過來。

灰翅朝他們點點頭，隨即朝高影轉身。「我跟妳一起去。」灰翅說道，快步走到她旁邊。

「一眼的那些惡棍貓怎麼辦？」碎冰問道：「他們可能還潛伏在森林裡。」

高影轉過頭去，目光掃視高地。一眼帶來的惡棍貓全都不見了。「我對這一點存疑。」她回答碎冰。「我們一偷襲他們的首領，他們就全一溜煙地跑掉了。我猜應該見不到他們的鬼影了。不過要是我猜錯了……」她伸出爪子：「我們再來收拾他們。」

「我們跟你們一起去，」鼠耳喵聲道，同時用尾巴示意泥掌。「以防萬一。而且我們很樂意為冬青做點事。」

高影向這隻大虎斑公貓垂頭致意。「謝謝你們。」她答道，隨即帶隊動身出發，越過高地。

雷霆一看見她和灰翅朝森林走去，立刻慌張起來，因為他發現自己竟被留下來指揮大家處理善後。**我該怎麼做呢？**他不顧一切地追在他們後面。「灰翅，我想知道……」他正要開口。

灰翅停下腳步，朝他轉身。「雷霆，聽從你的心，」他平靜說道，然後伸長頸子，與雷霆互觸鼻子，眼神溫暖。「我相信你辦得到。」他補充道，隨即轉身跟在高影後面疾步離開。

雷霆看著從小撫養他長大，幾乎算是他父親的灰翅離開，這才恍然大悟，以後的灰翅再也不會給他任何建言了，心裡不免感傷。但在此同時，他對他的信心也讓他頓時精神一振。

雷霆朝清天的方向轉身，這時麻雀毛和梟眼又帶了更多蜘蛛絲回來。雷霆確定他那傷勢嚴重的父親會得到妥善的照料之後，便深吸一口氣，朝正蹲在一眼旁邊的星花轉身。正在哀慟的她傳出輕軟的嗚咽聲。**為什麼這麼醜陋的貓會生出這麼美麗的女兒？**他反問自己，同時看著那隻死狀怪異的惡棍貓。**一眼的內在與外在都極為醜陋，但星花……**

雷霆緩緩走向金色虎斑母貓，站在她旁邊。「妳該走了，」他小聲說道：「我們這幾個團體都不歡迎妳。要是妳不主動離開，就休怪我們動粗了。」

星花抬頭看他，絕望的神情令雷霆頓時覺得彷彿有隻巨爪刺穿了他的心。「求求你，」她低聲道：「至少讓我葬了他，然後我就會獨自離開，再也不來糾纏你。」

雷霆遲疑了一下，微微點個頭，然後跳上離他最近的一塊岩石上，清清喉嚨，召喚貓兒集合。「該是時候埋藏死者了。」貓兒們一聚攏過來，他就大聲宣布。

麻雀毛驚訝地瞪大眼睛。「我們為什麼要善待他的屍首，如果是我們被宰了，他才不會這樣善待我們。」她質問道。

雷霆看了河波、風奔和清天一眼，清天已經勉力起身，看上去雖然搖搖晃晃，但意志堅定。「這正是我們跟一眼不同的地方，」他回答：「而且始終如此。」

其他貓兒紛紛點頭附和。

「一眼以為每隻貓兒都只會為自己打算，」清天喵聲道：「我們卻相信只要每隻貓兒都竭盡所能地為共同的未來打拚，就一定可以齊心協力地改善我們的生活。」

貓兒們聽了清天的話後，紛紛低語讚許。雷霆環顧四周，挑了幾隻傷勢較輕的貓兒：碎冰、閃電尾和夜兒。「幫忙一起挖個墳吧。」他下令道，隨即從岩石上跳到他們當中。

雷霆帶隊走向一眼屍體所在的荊棘樹下，這時星花開口說：「我也想幫忙。」

在這麼多的幫手下，不消多久，就挖好了一個夠深的洞埋藏一眼。星花把他的屍體推下洞裡，看著其他貓兒用泥土和樹葉覆蓋他。埋好之後，大家面面相覷，竊竊私語，好像不確定接下來該怎麼做。**我們要派個代表說點什麼嗎？**雷霆心裡納悶。

星花上前一步，朝陽光抬起頭。「我父親——猶如一道真實的光。」她喵聲道。

雷霆聽得目瞪口呆，另有一兩隻貓兒也發出不以為然的冷哼聲。但他們都沒吭氣。河波走過來站在她旁邊，朝墳墓垂下頭。「一眼從不向命運低頭。」他開口說道：「特立獨行的他將永遠長存在他女兒的心中。」

說得太對了，雷霆心想道，暗自佩服河波的睿智，**不過這說法也隱瞞了不少真相**。

星花伸出一隻腳爪，輕輕擱在她父親的墳上，閉上眼睛，動也不動地好一會兒。等她終於再度張開眼睛，她竟緩步走向雷霆。

「謝謝你，」她低聲道：「我不會再來糾纏你。」她從他身邊走過去，朝林子的方向離開。

雷霆背對著離去的她。他有一股衝動如風暴流竄全身，很想轉身叫她回來。他費了好大的力氣才遏止自己別這麼做。等他終於忍不住了，旋身一轉，卻見星花已經消失在廣陌的高地裡。

這時，河波已經集合完畢他的手下。風奔也回到金雀毛旁邊。雲點扶清天站起來，讓他靠著他的肩膀。

「我陪你們走回森林，」雲點喵聲道：「不准跟我爭辯。我不想看見你倒在半路。」

「我也一起去，」碎冰提議道：「只是以防萬一。」

「我也去！」麻雀毛熱心地跳起來。

就在他們動身出發時，清天突然停下腳步，回頭張望，他的目光掃過這群為他奮勇殺敵的貓兒們。「謝謝你們，」他喵聲道：「謝謝大家，我永遠不會忘記你們這份恩情。」

雷霆看著他們走遠，這時發現河波已經溜到他身邊，用耳朵朝星花消失的方向指了指，眼神半帶同情、半帶興味。

「別擔心，」他低聲道：「天涯何處無芳草。」

雷霆感覺到那顆心在胸口砰砰跳得厲害。「是啊。」他故作無所謂地彈動耳朵。

可是當河波離開時，雷霆還是無法將目光從星花的消失處移開。

我只是懷疑自己恐怕再也遇不到芳草了……

第二十七章

清天無視傷口的疼痛、體力的不堪，費力地向前挺進。他上氣不接下氣，急著想回森林，愈走愈心焦。他雖然才離開幾天，卻好像離開了一輩子。他再度聞到熟悉的森林氣味，並隨著每一步的趨近，盡情飽覽每棵樹木和每株灌木。

我在這裡其實住得並不久，他心想，情緒愈來愈激動，**但這座森林已經成了我的家。**

「嘿！」落在後面的雲點朝他大聲喊道。「你走慢點好不好？你還受著傷，而且森林又不會跑掉。」

但清天好想趕快踩在堆滿腐葉的林地上，傾聽頭上枝葉的嘎吱聲和窸窣聲。他渴望回到自己的營地，看看一眼到底對他的貓兒們做了什麼。

碎冰加快腳步，跳到他旁邊，麻雀毛也從後面疾步趕過來。「清天，所以現在感覺如何？」他問道：「會不會覺得，少了一眼，生活好像就沒那麼刺激了？」

清天瞪他一眼：「你別鼠腦袋行不行？」

「我只是在想像，以後你只能蜷伏在臥鋪裡，」碎冰繼續說道，眼帶嘲弄：「暗地裡抱怨狩獵和訓練這種日子實在太無聊，要是有一眼在，日子就會有意思多了。」

清天停下腳步，肩毛全豎了起來。「你一定要這麼討厭嗎？」他反問道：「你認為在我經歷了這麼多磨難，自己差點被撕爛不說，也害得你和你的夥伴們陷入險境，我還會無聊到暗自希望那隻連疥蟲都不屑的惡棍貓最好能再回來興風作浪？」

碎冰完全不在乎他的厲聲駁斥，反而放聲大笑：「對不起囉，清天，但至少被我這麼一講，你的腳步就慢下來了。」

清天雖然嘆了一口氣，卻也藏不住被逗樂的表情。「謝了，碎冰，」他發自內心地說：「謝謝你幫忙我奪回領地。我知道我以前一直不是……」他找不到合適的字眼來形容，只好愈說愈小聲。

「沒關係，」碎冰語帶體諒地說道。這兩隻貓兒終於慢下腳步，緩緩朝森林外圍走去。「我從你還是小貓時就認識你。你也許經常做錯決定，但我清楚你的個性……你的本質。所以這次全新的開始或許可以幫助你牢記這一點。」

他的這番話帶給清天很深的感觸，但還沒來得及回答，碎冰就在森林外緣的樹蔭下停下腳步。「誰在那裡？」他厲聲喊道：「快出來報上名號！」

橡毛從一棵樹的後面小心探出頭來，當她看見來者是誰時，表情頓時放心。「是你們！」她大聲喊道，跳進空地：「你們來救我們了！」

她朝碎冰跑來，與他互觸鼻子，然後又跟雲點互觸鼻子。清天看見她只跟高地貓打招呼，完全不理他，總覺得心裡不太舒服。**那我呢？難道我隱形了不成？**

「是的，」他喵聲道：「一眼死了，我是來收回森林貓的首領地位。」

橡毛終於朝他轉身。「那你最好快點來。」她回答道。

說完旋身一轉，以極快的速度衝進森林，根本不管有誰跟在後面。憂慮猶如冰冷的融雪，一點一點滴進清天的骨髓。他和碎冰追上去前，心照不宣地互看一眼。

年輕母貓朝清天營地所在的空地前進，但還沒抵達，便轉進林子裡。這時前方傳來低沉的呻吟，清天恐懼到每根毛髮都豎得筆直。清天跟著橡毛的腳步，繞過荊棘叢，進入一處小空地。驚見花瓣和白樺、赤楊兩隻小貓躺在一株老灌木底下的臨時臥鋪裡。三隻貓的肚子都腫了起來，皮膚生瘡，唇邊盡是白沫，完全符合傳染病的病症。呻吟聲是花瓣發出來的，可憐的她正費力舔著小貓們，試圖安撫他們。

「他們在這裡做什麼？」清天瞠目問道。

「一眼把他們趕到這裡來，」橡毛喵聲道，語調憐憫又憤憤不平。「他不讓我們幫他們。還派了守衛看守，叫我們把他們留在這裡等死，因為他們對我們來說沒有用處了。」她幾乎語帶哽咽，開始全身顫抖。「我根本來不了這裡，一直到今天一眼和他的惡棍貓都出外作戰，我才敢來。我和快水幫他們帶來一些食物和水。不過我擔心來不及救他們了。」

「那倒也不一定，」雲點從清天旁邊擠過去，趕忙走到病貓們那裡。「高影和灰翅已經去轟雷路的另一頭採集熾烈之星。我們得先儘快找到艾菊讓他們服用，好撐到他們回來。」

碎冰、橡毛和麻雀毛立刻鑽進矮木叢去找藥草，樹叢裡沙沙作響。

清天四腳發軟地緩緩走上前去，低頭看著花瓣。花瓣似乎聞到他的氣味或查覺到他的動靜，身體微微動了一下，眼神混濁看著他。「清天！」她張開乾裂的嘴唇，低聲地說：「你回來了！」

清天蹲在臥鋪旁邊，低頭靠近花瓣：「我當然會回來，」他喃喃道：「我不能讓那隻惡棍貓……」

「我知道你會回來！」花瓣打斷他，那聲音突然變得有精神起來。「你當然會回來！我信得過你，清天，自從……」剛剛迴光反照的她聲音漸弱，眼神再度混濁。

「花瓣！」清天緊張地喊道。

他看得出來花瓣很努力地想為他再振作起精神。「我必須好起來……」她沙啞說道：「清天，我想要幫你……我要報答你為我所做的一切！」

就在她吐出最後這幾個字時，那眼神突然變得遙遠，身軀一陣劇烈抖動，就癱軟下去，再也不動了。

「花瓣！」清天吶喊，胃瞬間抽緊。

沒有回應。

雲點走了過來，橡毛站在他後面，嘴裡叼著一團艾菊。雲點輕輕嗅聞花瓣，搖搖頭。「清天，很抱歉，她走了。」清天爪子戳進地底，悲痛不已。年長貓繼續說道：「她拖得太久，沒得到妥善的照顧。小貓們年紀輕，比較能撐下去，他們還是有痊癒的可能。」

「我們送食物過來時，花瓣都沒吃，」橡毛說，同時把藥草放在臥鋪旁邊。「她只咬了一小口，其他的都讓給小貓吃了。」

「他們根本不是她親生的小貓，」清天語調悽涼地說道：「她卻把自己完全奉獻給他們，一直到生命的最後一刻。」他努力說服自己接受花瓣已逝的事實，從他們相遇的第一天起，她便始終對他忠心不二。**我不值得她這樣為我付出**。

「我們應該埋了她，而且要儘快！」雲點喵聲道。於是他們先用樹葉將花瓣蓋住，以免疾病散播。等到採集艾菊的碎冰回來，橡毛便與他合力抬起花瓣的屍體，搬離臥鋪，盡量不驚擾到小貓們，然後在空地邊緣挖了一個坑。

在此同時，雲點嚼了些艾菊，將汁液滴進小貓們的嘴裡。他們幾乎已經神智不清，但舌頭一嚐到汁液，仍忙不迭地舔進嘴裡，彷彿口乾已久。

清天低頭親膩地摩搓小貓們，不在乎被感染。「哈囉，我的小東西，」他喃喃道：「我保證你們很快就會好了。」

白樺瞇起眼睛抬頭看他：「花瓣呢？」他問道。

清天心一陣抽痛。「她回營地了。」他騙他，同時用眼神警告雲點，不准對小貓們吐實。**他們現在太虛弱了，禁不起打擊。等他們好一點了，我再告訴他們**。他納悶灰翅和高影的解藥探索之行究竟進行得如何。**他們恐怕沒那麼快回來**。

白樺嘆口氣，又偎進臥鋪裡，緊緊挨著他姊姊。

「我們要不要把他們帶回營地？」清天問道。

雲點搖搖頭。「他們的情況雖然比花瓣好一點，但還是病得很重。他們需要熾烈之星。再說最好隔離起來，以免沒患病的貓兒也被傳染。」

清天點點頭。「等我們埋了花瓣，碎冰可以回去找灰翅，跟他要一些解藥過來。」

清天把小貓們交給雲點照顧，然後跛著腳越過空地，走到碎冰和橡毛正在挖掘的坑穴處。帶傷的他無法出力幫忙，但幸好他們快挖好了，他只能在旁邊幫忙整理散落的泥巴，移開較大的石頭。

「這樣應該可以了。」過了一會兒，碎冰說道，然後滿意地點點頭，往後一站。

清天輕輕地將覆著樹葉的花瓣屍體推進坑裡，仰頭向天，閉起眼睛，另外兩隻貓兒則將土覆蓋回去。

天佑花瓣，她意志堅定、忠心不渝，他默默地向貓靈們祈求，**請讓她加入祢們的行伍，帶領我們。我會永遠想念她。**

他再度睜開眼睛，好奇貓靈們是否有聽見。但奇怪的是，在默禱之後，心情竟然好過多了。

碎冰和橡毛默默地站在墳墓旁好一會兒，最後橡毛甩甩身子。「清天，我們應該回營地了。」她喵聲道。

清天點點頭。「好的。碎冰，」他追加一句：「請你先回坑地去，只要灰翅一帶熾烈之星回來，你就告訴他，我們這裡也需要。」

「我立刻上路。」碎冰俐落答應，跳向空地邊緣。

「我會待在這裡，直到解藥送到。」雲點提議道：「我得確定解藥對他們有效才行。」

「謝謝你，」清天垂頭致意：「你自己單獨待在這裡行嗎？」

「我相信一眼的那些爪牙早就跑了，」雲點回答：「可是在你回營地的路上，可否幫我留意一下麻雀毛？她跑去摘艾菊，到現在都還沒回來。」

清天全身不安了起來。麻雀毛是他所見過最勇敢的貓兒之一，但她還半大不小。**我們也不知道這附近還有沒有惡棍貓逗留。**

「我會的，」他答應雲點：「等我回到營地召集貓兒們時，要是還沒看到她出現，我就會派巡邏隊去找她。」他朝橡毛轉身，然後向營地的方向揮動尾巴。「妳來帶路。」

清天全身警戒地跟在橡毛後面，但沒看到也沒聞到麻雀毛的蹤跡。**我得叫我的巡邏隊從空地那裡開始搜尋**，他暗下決定，**荊棘很擅長追蹤，我們一定找得到她。**

當他和橡毛從矮木叢裡出來，走進營地時，清天注意到森林貓都圍在營地中央的水池邊，挨擠在一起。他朝他們走去，貓兒們霍地轉身，緊張地豎起肩毛。

快水跳了起來。「清天！」她驚訝地大聲喊道，語氣如釋重負。「你還活著！你還好嗎？」

「除了身上有一半的毛快被拔光，其他不礙事，」清天回答，目光掃過其他貓兒：「真高興再見到你們。」

荊棘、葉青和蕁麻都很開心見到他。倒是阿蛇瞪著他，明顯帶著敵意。清天說話的同時，他跳起來，緩步朝他走過來。

「高興見到我們？」他齜牙低吼：「你以為我會相信你這一套？這一切都是你害

的！我們現在都被劃上了一眼的戳記。」

「我知道，」清天低下頭：「我的遺憾與難過非言語所能表達。一開始是我做了錯誤的判斷才會引狼入室，但我保證我會用我的餘生來彌補這個錯誤。」阿蛇沒有答腔，於是他繼續說，語調哽咽感性：「這座森林是我的家，你們都是我的家人。為了你們，我什麼事都願意做。我冒著生命危險解決掉一眼，回來找你們。你難道看不出來嗎？」他對著阿蛇說。

阿蛇瞪了他一會兒，然後就突然毫無預警地撲上清天，伸爪攻擊他的臉。清天本來就帶傷，再加上仍在哀痛花瓣的死，搖搖晃晃的身體根本招架不住，於是當場被擊倒在地，痛得他大叫。但他還是奮力一搏地抬起後腿狠踹阿蛇，好不容易才甩開他。

兩隻貓兒蹲伏地上，互相對峙。清天看得出來阿蛇眼裡燃著恨意。他試圖以眼神逼退他，但他感覺得到阿蛇打算二度進攻。

我該怎麼做？清天貼平耳朵。他的胸膛因剛剛的扭打仍劇烈起伏，他知道帶傷的他不可能打贏這場架。**其他貓兒要是看見他們的首領被打敗，將作何感想？**

但就在他們再次發動攻勢前，空地邊緣的矮木叢突然傳出兇猛的吼叫聲。一個玳瑁色身影冷不防地衝進空地，撲上阿蛇。

麻雀毛！清天驚見小母貓竟攻擊體型比她大兩倍的公貓，伸爪瘋狂地狠抓。阿蛇本來可以三兩下地輕鬆擊敗她，但他一時之間還搞不清楚狀況，根本無力抵抗。

就在這時，蕁麻也撲了上去，爪子狠刮阿蛇的耳朵。「大家上！」他朝其他貓兒吼道：「我們怎麼能讓一隻小貓來幫忙護衛我們的首領？」

「沒錯！」快水也從另一頭撲上阿蛇。「大家快上！」

橡毛、荊棘和葉青聽見她的話，也加入戰局。阿蛇就這樣被一群尖牙利爪的貓兒壓制在地。

「住手！」清天大聲說道，上前拉開橡毛。「夠了，我不要他死。」

他抓住葉青，一把推開。終於大夥兒聽從他的命令，退了下去。他們將阿蛇團團圍住，後者費力地爬了起來，呸掉嘴裡的沙石和碎屑。鮮血從他前額流了下來，身上的毛也被拔掉了好幾撮。

清天走過去面對他。「要是你不肯承認我是首領，」他喵聲說：「就請你離開森林。」

「我決定離開森林。」阿蛇呸口道。

清天嚴肅地點頭同意，示意其他貓兒後退，讓出一條路給阿蛇離開。阿蛇轉身趾高氣昂地離去，鑽進矮木叢裡。

等到他的腳步聲漸遠，其他貓兒立刻一擁而上，圍住清天，輪流與他互觸鼻子，眼睛閃閃發亮，感恩之情溢於言表。

「你能回來，實在太好了。」橡毛低聲道。

「謝謝你們，」清天眨著眼睛，開心地看著他的貓兒們，快速地舔舔麻雀毛的耳朵。「毫無疑問的，妳是我見過最跳蚤腦袋的小貓。」他喵聲說：「也是最勇敢的小貓，謝謝妳。」

麻雀毛還沒來得及回答，清天就聽見有貓兒鑽過蕨葉叢，朝空地走來。他旋身一轉，以為是阿蛇又回來挑釁，結果竟是高影走進空地。清天這才放下心來，他看見高影嘴裡叼著一大把長著黃花與尖長葉子的植物。

「妳帶熾烈之星來了，」他大聲喊道：「灰翅呢？」

「回坑地了，」高影回答，同時把藥草丟在清天腳下。「碎冰說你需要解藥。」

清天點點頭。「花瓣已經病死了，」他告訴她：「小貓也病重。雲點正在照顧他們。」

「在哪裡？」高影問道，環顧四周：「我必須見他。」

「我會帶妳去。」清天拾起熾烈之星的莖梗，跛著腳，朝小貓們躺臥處的小空地走去。

「你得再走快點。」高影喵聲道。

「對不起，我已經盡量走快了，」清天滿嘴藥草地含糊說道：「小貓在那個方向，」他補充道，同時用尾巴指著方向：「多等幾秒有差嗎？」

「我們才離開坑地，」高影回答：「服用過熾烈之星的冬青就好多了。但不只這樣而已，她還早產了。」

第二十八章

太陽下山了，在坑地投下長長的陰影。帶著水氣的風吹亂了高地上的長草，金雀花叢的枝葉跟著顫動。雷霆打個呵欠，弓起背，伸個大懶腰，試圖緩解肌肉的痠痛。這一天下來，他累壞了。**可是事情還沒完。**

他在守望岩下方的草地安頓好自己，然後瞥了坐在他旁邊的高影一眼。她已經梳洗完黑色毛髮，此刻的她看起來整潔乾淨，態度自若，尾巴蓋在前腳上面。她的目光專注看著冬青正在分娩的臥鋪。

從雷霆帶隊攻擊一眼和他的惡棍貓之後，這還是他第一次有機會可以喘口氣。至少那隻邪惡的貓不再作怪，他狡詐的女兒星花也不會再來糾纏。

還是不要再想她了……

河波才帶隊離開，回去他河邊的家，風奔和金雀毛也才帶著小貓們離去，雷霆便疾奔越過高地，去找灰翅和其他銜命出發去收集熾烈之星的貓兒們，結果在轟雷路邊緣追上他們。

「你來這裡做什麼？」高影問道，語氣緊張：「營地出了什麼事嗎？」

雷霆搖搖頭。「沒事，一切安然無恙。我只是閒不下來，」他承認道：「我想確認你們都沒事，一眼的手下沒在附近騷擾你們吧。」

「哼，」鼠耳用腳爪揉搓著草葉：「我們一直有聞到他們的氣味，不過連個鬼影都沒瞧見。」

他們輕而易舉地越過轟雷路，當他們抵達熾烈之星所在的沼澤地時，雷霆注意到高影以一種渴望的目光眺望著長滿蘆葦的大小水塘，而且等他們收集完畢所需的藥草時，又看見她踩著沉重的腳步，勉強轉身離開。

如今他看著她冷靜自若的表情，不免心裡納悶，這隻黑色母貓對於那塊沼澤地到底有多嚮往呢？

「要不是我們需要妳幫忙帶熾烈之星回來，」焦慮不安的他終於放膽說出心裡的疑慮：「妳還會回來嗎？或者妳會選擇留在沼澤地，長住下來？」

高影沒有把她的目光從冬青的窩穴移開，從這裡隱約看得到有幾隻貓兒聚在離入口後方約一條尾巴之距的地方。礫心正在照料冬青，伸爪撫順她的毛髮，舔著她的耳朵。剛處置完花瓣的小貓們，就從森林裡趕回來的雲點則站在旁邊監督。鋸峰蹲在冬青旁邊，低聲鼓舞。雖然熾烈之星發揮了療效，但雷霆知道因為早產的關係，所以她還沒完全度過險境。

高影沉默了好一會兒，可是當她開口時，竟然不是在回答雷霆。「誰能料想得到鋸峰竟然成了一個這麼稱職的伴侶貓和父親？」她喵聲說。

「妳還沒回答我的問題。」雷霆追問道。

高影沒來得及答腔，冬青就突然發出尖銳的嚎叫，那聲音嚇得雷霆每根毛髮都豎了起來。

高影跳了起來。「小貓生出來了！」

雷霆直覺想衝進冬青的臥鋪，查看情況。但他知道那裡若是擠滿貓兒，對冬青和小貓們反而不好。高影似乎也這麼認為，所以只是不耐地繞著圈子。

接下來的等候讓雷霆覺得這是他一生中最漫長的一次等候。最後好不容易終於等到雲點從窩穴入口的貓群裡擠出來，跑向他們。

「冬青的小貓生出來了！」他得意洋洋地說道：「三隻小貓都很健康，冬青也沒事！這結局真是太圓滿了。」

雷霆喉間發出響亮的喵嗚聲，但高影還是不安地抽動尾巴。「冬青的情況到底如何？」她問道：「我以前見過這種病，它不可能瞬間消失。她今晚能熬得過去嗎？」

「我們又給她了一帖熾烈之星，」雲點回答，原本的興奮語調消失了。「現在我們只能靜觀其變了。」

最後一道陽光終於消失，暮色籠罩高地。雷霆又打了一個呵欠，於是向高影、雲點道聲晚安，回到自己的窩穴。

可以睡覺了吧？我都快忘了躺下來睡覺的滋味是什麼了。

臥鋪上的青苔和蕨葉已經有貓兒先幫他換過。雷霆疲倦地嘆口氣，身子陷進柔軟的墊鋪裡。他先梳理毛髮，舌頭舔過先前激戰時所留下的傷口，舌頭愈舔愈慢，眼皮漸漸沉重。

我睡一下就好……

✦✦✦

雷霆感覺到肩膀有隻腳爪在輕輕搖他。他張開眼睛，隱約看見灰翅的身影，那身灰色毛髮被窩穴入口滲進的月光染成銀色。

「時間到了。」灰翅喵聲道。

雷霆打了一個大呵欠，一頭霧水。「要做什麼？」他嘟囔道。

「去四喬木那裡。」灰翅回答道：「你感覺不到嗎？」

雷霆努力清醒過來，集中注意力，體內能量瞬間湧現，隨著每拍心跳愈來愈強。他聽得到遠方微弱的呼喚聲，他發現他認得那些聲音。

是雨掃花和龜尾！

雷霆迎視灰翅的目光，發現他叔叔表情悽惻地聽著已逝伴侶貓的聲音。他站起身來。「你說得對，我們走吧。」

雷霆帶頭走出營地時，差點被睡在空地、蜷伏在岩石暗處的鼠耳絆倒。但虎斑公貓竟沒被驚醒。雷霆吁了口氣。**我們可不想被探問我們要去哪裡。**

雷霆和灰翅默不作聲地朝四喬木所在的空地前進。空氣和煦溫暖，完全不若禿葉季夜裡的冰涼冷冽。雷霆幾乎感覺不到腳邊長草的刷拂，甚至對自己的移動速度感到驚訝。他們像在飄浮，而不是行走。

當他們抵達空地時，雷霆看見已有貓兒聚在那裡，在岩石前面參差不齊地圍坐著。

有高影、河波、風奔和清天。他們向剛來的兩隻貓兒垂頭致意，但沒有說話。

雷霆環顧四周，尋找龜尾和雨掃花，最後瞄見祂們在岩石上，毛髮閃著星光，眼裡射出清冷的光采。祂們也垂頭回禮。

「你們聽見我們的召喚，」雨掃花喵聲說：「終於來了。」

雷霆一看見這兩隻美麗的母貓，便忍不住哽咽，喉嚨一緊，幾乎無法喘息。**祂們為什麼要離開我們？我們為什麼必須陰陽兩隔？**

「因為我們現在看得見你們所看見的一切，甚至更多。」龜尾回答，彷彿能讀透他的心思。「所以我們能幫忙你們。而且如果我們能透過夢境來向你們傳遞訊息，又怎能算是真正的陰陽兩隔呢？」

雷霆驚訝地瞪大眼睛。**原來這是夢！我懂了，難怪鼠耳不會被我吵醒，難怪我們在這裡就像在飄浮一樣，也難怪我感覺不到夜裡的清涼。**

他看了灰翅一眼，發現他也跟他一樣驚訝。「我們做著同樣的夢！」他低聲道。他的呼吸聲聽起來輕鬆多了，森林大火後的難癒痼疾不再困擾他。

「所以我們也是囉，」河波說道，眼裡滿是驚奇，很不同於他平常愛打趣的模樣，「所有首領都一樣。」

「別太興奮，」龜尾警告他：「現在好好想一想，你們還記得我們上次告訴你們的話嗎？」

雷霆點點頭。「祢們說我們不團結，就會滅亡。祢們說得對。我們團結起來對抗一眼，打敗了他。我們不吝分享熾烈之星，所以遏止了傳染病。」他停頓一下，發現貓靈們沒有答腔，於是繼續說：「所以現在還有什麼話要告訴我們？」這是他生平第一次感覺到自己對於未來一無所知。「祢們為什麼在睡夢中召集我們？」

雨掃花垂頭看他，藍色眼睛閃著星火。「我們還告訴了你們什麼？」她問道。

但眼前的遭遇奇特到雷霆一時之間腦袋還轉不過來，只能努力回想。結果最後是灰翅開了口：「為了活下去，你們必須效法熾烈之星，成長茁壯、開枝散葉。」

雨掃花讚許地點點頭。「沒錯，千萬不要忘了這幾句話，它們會幫助你們熬過未來的季節。」

雷霆一臉不解地與灰翅互看一眼，隨即聳聳肩。**為什麼貓靈們不能用我們聽得懂的話來跟我們溝通呢？**

「祢可不可以把這句話的意思說得再清楚一點？」高影問道。

「是啊，」風奔彈彈尾巴，語氣不悅。「既然叫我們來這裡，為什麼還要跟我們打啞謎呢？」

龜尾抬起腳爪，讓他們看祂的爪墊，然後伸出爪子。「熾烈之星有五片花瓣，就像貓爪有五根爪子一樣。」

祂好像在教小貓哦，雷霆心想，有點氣餒。「是啊，所以呢？」

「它們成長茁壯，開枝散葉……成長茁壯，開枝散葉……」龜尾和雨掃花異口同聲地說道，重覆再重覆。

雷霆還是一臉不解，他抬頭看著她們，卻見兩隻貓靈的星光身影漸漸淡去，連聲音也漸漸微弱，彷彿是在很遙遠的地方在吶喊。

「別走！」雷霆喊道：「別離開！把話說清楚！」

但太遲了。龜尾和雨掃花的身影似乎在溶化，最後岩石上只剩兩縷輕煙，然後就不見了。

雷霆用力甩頭，朝星空發出長嚎。夜空廣陌，星群冗自閃耀。眼前的星群似乎在移動，飛梭而去，周遭的幽暗如漩渦打轉。他揮出一隻腳爪，卻感覺到爪墊下是柔軟的青苔。他的眼睛倏地睜開，這才發現自己又回到了窩穴。

雷霆的心臟噗通噗通地狂跳，全身發抖，彷彿剛從冰水中費力爬出來。他動也不動地躺在臥鋪裡好一會兒，不斷思索兩隻貓靈說過的話。

又過了一會兒，灑進他窩穴裡的月光突然不見，原來有隻貓兒從入口鑽了進來。灰翅的氣味迎面撲來。

「你搞什麼啊，」灰翅喃喃說道，語氣難得不悅：「那個夢被你吼得不見了。」

「祂們本來就要離開啊。」雷霆反駁道，同時坐了起來，甩掉身上的青苔屑。

灰翅走進窩穴深處，月光再度照進來，他在雷霆身旁坐下。「我們得好好想想祂們那幾句話是什麼意思。」他喵聲道。

雷霆翻翻白眼。「那就祝你好運了。」他還在氣那兩隻貓靈沒事給他們謎語猜，而且不解釋清楚就消失了。

「我有個主意，」灰翅繼續說道，但語氣又變回平常的冷靜自持。「但我們得先跟其他貓兒商量一下。」

雷霆慶幸自己總算有事情可做，於是跳了起來。「你是要我去找清天、河波和風奔來嗎？」

「等一下，」灰翅伸出腳爪攔下正要走出窩穴的雷霆。「我們先找高影談一下，看看她是不是也做了同樣的夢。」

雷霆點點頭。「這主意不錯！」

灰翅站起來，緩步走出窩穴。雷霆跟在他後面走進空地，發現月亮已經西沉，星子正逐一消失，天空隱現粉色霞光，太陽就要升起。空氣潮溼，霧氣裊裊，露珠猶掛在岩石和草葉上。

貓兒們正在甦醒，被冬青和鋸峰用來照顧小貓們的那處窩穴傳出微弱的吱喳聲。雷霆定睛看著那個窩穴，礫心這時從自己的窩裡出來，鑽進去找他們。裡頭愉悅的招呼聲似乎是在告訴雷霆，冬青正在康復。

碎冰也從他睡覺的地道裡鑽出來，坐下來用後腳爪用力搔抓耳朵。斑皮則坐在她窩穴入口，仔細梳理全身。

雷霆的目光掃過營地，瞄見高影嬌小的幽黑身影正坐在守望岩底下。她一看見灰翅和雷霆，立刻跳起來，越過坑地，朝他們奔來。

「你們也夢到了嗎？」她一跑過來就問他們。

灰翅點點頭。「所以妳也夢到了？」

「是啊，」高影給了肯定的答案：「我們接下來該怎麼做？」

「我們必須找其他首領討論一下。」雷霆喵聲道。「我去找他們來。」

「等一下，」灰翅又伸出腳爪攔他。「我有種預感，這讓我想起貓靈們說過的話……我想我們應該回四喬木去。」

高影驚訝地抽動耳朵：「就聽你的吧。」

於是灰翅為首，三隻貓兒離開坑地，出發前往高地。四周依舊霧氣縹緲，但頭頂上的天空卻無比清澈。雷霆很是享受腳下露溼草葉的冰涼觸感，這令睡眠剛被打斷的他頓時神清氣爽，活力再度百倍。

等到他們爬到可往下通往空地的坡頂時，雷霆瞄見清天、風奔和河波已經棲在其中一棵大橡樹的禿枝上。

「你們來了！」河波朝他們大聲喊道，同時跳下來，這時他們也疾步衝下斜坡。

「我還在納悶你們三個還要多久才到？」

「你們在等我們？」灰翅問道，清天和風奔也跳了下來，緩步朝他們走來。

河波以點頭回應。

「你們也做了同樣的夢？」清天問道，腳爪不安地在地上抓耙。「你們也見到了貓靈？你們覺得祂們那番話是什麼意思？」

「我們都夢到了，」風奔回答：「但因為我跟死神交過手，所以對我來說，我習慣把所有事情都染上一層死亡的色彩。他們告訴我們『不團結就會滅亡』，我對這句話的解釋是，以後我們會遇到更多的死亡與傷痛。」

「但我覺得他們今晚傳遞的訊息比較正面，」河波語調平靜地告訴她，並很是同情地用他那條毛髮豐厚的尾巴刷過她的肩膀。「再說，我們不是應該感恩嗎？你看我們幾個多幸運，竟然能……」他停頓了一下，想找出適當的字眼形容。

「雀屏中選？」雷霆問他。

河波歪著頭，表情驚訝，很是佩服他想到的字眼。「沒錯，也許這就是我們的使命。我們是幸運的一群。畢竟有貓靈願意跟我們說話，來到我們夢裡與我們相會。」他愛打趣的個性又犯了，眼裡有點光閃現：「想想看，要是只有你才能聽見貓靈說話，那不是很可怕嗎？」

「他們告訴我們要成長茁壯和開枝散葉，所以不團結就會滅亡的這句話現在還算數嗎？」雷霆想到他在夢裡說過的話，於是提問道：「我知道如果我們不團結抵禦一眼，就會滅亡。所以這部份的訊息使命算是交差了嗎？」

「你的意思是我們現在可以再回到以前那種彼此爭戰的狀態嗎？」高影問：「也許再打場仗？」

「不是，我當然不是這意思……」雷霆開口辯解。

「我想這兩個訊息都很重要。我們得好好想想第二個訊息的意涵。成長茁壯和開枝散葉……」

「我希望貓靈們不是在怪我離開坑地。」風奔不耐地打斷。

「我覺得他們的意思並不是要我們全都住在一起，」灰翅喵聲道：「因為打從一開始，這方法就不管用。」

「那是因為有些貓兒對於在哪裡定居，意見不和。」高影直言道。

清天的頸毛豎了起來。「妳是在說我們沒有權利為自己做決定嗎？」

雷霆看得出來，如果他再不做點什麼，這場集會一定會失和收場。於是他跳上巨岩頂端，登高一呼。

「別吵了！」他吼道。大家頓時安靜下來，全都仰頭看他。他繼續說道：「我們不能起內鬨。我們得合力找出這些訊息的真正意涵。」

其他貓兒都低聲附和，除了清天，他似乎沒在聽，反而小心掃視這塊地方。

又在挑選新的邊界嗎？雷霆覺得好奇，一想到未來可能會跟他父親起更多衝突，胃就頓時抽緊。**希望不會。我的邊界範圍已經夠我用一輩子了。**

另外四個首領也分別跳上岩石頂與雷霆會合，過了一會兒，清天也一躍而上，雷霆這才放下了心。

這時早晨的太陽已經高掛天上，陽光從橡樹枝椏間斜射進來，融化了僅餘的黎明薄霧。四周樹木嘎吱作響，沙沙出聲。雷霆感受到一股詳和之氣猶如露水滲入毛髮，他發現其他首領也有同樣感受，心情都顯得平靜自在。

清天遠望著地平線。「我們必須聯手合作，」他喃喃說道：「哪怕我們沒有住在同一個團體裡。」

雷霆這下更是放下心中一塊大石頭，於是朝他父親挨近。「我們當然要聯手合作。」他回答道。

「我不確定在我自己的領地裡，我能不能接受別隻貓兒的指揮，」風奔冷冷地說道：「不過我會考慮的。」

灰翅和高影互看一眼。「不管你們要求我做什麼，我都會全力以赴。」灰翅語氣堅定地說道。

「我也是。」高影說道。

只有河波還沒開口。雷霆轉向這隻向來獨來獨往的貓，他曾經幫了他們很多忙。銀毛公貓垂下了頭，算是回答了這個問題。「我會跟你們合作，」他喵聲道：「你們難道沒注意到嗎？打從你們從山裡來到這兒的第一天起，我就很配合你們啦。」

「唯一不同的是，」雷霆告訴他：「從現在起，我們要靠你的幫忙才能繼續生存下去。」

大家突然沉默不語，彷彿都在思考自己剛剛所做出的重大承諾。但雷霆仍不滿意。

「可是他們說我們必須像熾烈之星一樣成長茁壯，開枝散葉，」雷霆問：「這話是什麼意思？」

六隻貓兒表情不解地互看彼此。這時灰翅開口說：「我想我懂這句話的意思了。」

WARRIORS

貓戰士

系列叢書

貓迷們！還缺哪一本？

貓兒們對於預言的解讀是必須分散，各自為營。高影決定在森林的松樹林建立新營地；河波則是臨水而居；風奔與她的家族定居在高地。清天卻相信大夥兒團聚起來才是求生之道，然而卻沒有貓與之結盟。

五部曲之 5- 分裂森林

每本定價：250元

在經過衝突與協議之後，貓兒們分別居住在五個營地，按照貓靈的忠告，像熾烈之星般的擴散出去。但一隻危險的惡棍貓斜疤綁架了星花，打破森林中平靜的生活，清天要如何拯救星花與她腹中的小貓？

五部曲之 6- 眾星之路

每本定價：250元

WARRIORS

貓戰士

幽暗異象 六部曲

單本定價：250 元

I 探索之旅

預言又來了，這昭示著貓族們和平又美好的日子即將結束，除非找到預言所指示的事物，否則所有部族將面臨未知的命運。

II 雷電暗影

赤楊掌歷經各種困難，最終抵達天族的營地。但天族已經不知所蹤，他們的領地被一群惡棍貓佔據，這群惡棍貓還目無法紀，甚至是依著弱肉強食的方式生活著。

III 破碎天空

影族已經四分五裂，松樹林被一群惡棍貓占領，而他們的首領暗尾沒打算停手，直到征服其他部族。赤楊心比以往更加確定唯一的希望是找到天族並實現預言。

WARRIORS

貓戰士

破滅守則

七 部 曲

單本定價：250 元

IV 黑暗湧動

在五大部族的大混戰之後，各族間彼此對立、防備，就在此時，雷族副族長揭開了一個驚天動地的真相——那隻披著棘星皮囊的邪惡貓靈究竟是誰？

V 無星之地

雷族的副族長松鼠飛和灰毛一同消失了，目睹一切的根躍將所見所聞帶回部族。自此，部族終於知道了星族何以沉默，也知道了如果想解放星族，他們必須直面那危險的黑暗森林。

VI 迷霧之光

灰毛的目的逐漸暴露，不僅要毀滅黑暗森林，還要星族一起滅亡。恐懼籠罩著森林，貓戰士們不計生死，勇敢進入黑暗森林拯救部族，他們被稱作「迷霧之光」，也是撥雲見日的唯一希望。

WARRIORS
貓戰士

系列叢書

貓迷們！還缺哪一本？

對於貓戰士的正文故事起到了補充或者是完整的作用，故事內容都是獨立的，讓讀者對故事中的角色有更深刻的認識。

貓戰士外傳

描述部族的族長與巫醫誕生的歷程，還有發現戰士守則的真諦，尋找預言以及預言實現的過程。深入了解貓族歷史，讓讀者一目瞭然，輕鬆探索貓戰士世界的知識。

荒野手冊

國家圖書館出版品預編目資料

貓戰士五部曲. 四, 迅雷崛起 / 艾琳．杭特（Erin Hunter）著；謝雅文、高子梅譯. -- 初版. -- 臺中市；晨星, 2017.03
面；　公分. --（貓戰士；43）
譯自：The Blazing Star
ISBN 978-986-443-234-9（平裝）
874.59　　106000501

貓戰士五部曲之IV

熾烈之星 *The Blazing Star*

作者	艾琳．杭特（Erin Hunter）
譯者	謝雅文、高子梅
責任編輯	陳品蓉、謝宜真
校對	許仁豪、陳品蓉、蔡雅莉
封面插圖	約翰．韋伯（Johannes Wiebel）
封面設計	柳佳璋
美術編輯	張蘊方
創辦人	陳銘民
發行所	晨星出版有限公司 407台中市西屯區工業30路1號1樓 TEL：04-23595820　FAX：04-23550581 行政院新聞局局版台業字第2500號
法律顧問	陳思成律師
初版	西元2017年03月15日
再版	西元2022年10月31日（七刷）
讀者訂購專線	TEL：（02）23672044 /（04）23595819#212
讀者傳真專線	FAX：（02）23635741 /（04）23595493
讀者專用信箱	service@morningstar.com.tw
網路書店	http://www.morningstar.com.tw
郵政劃撥	15060393（知己圖書股份有限公司）
印刷	上好印刷股份有限公司

定價250元

（缺頁或破損的書，請寄回更換）

ISBN 978-986-443-234-9

Warriors: Dawn of the clans series

□ 我已經是會員，卡號 ____________________

□ 我不是會員，我要加入貓戰士會員

姓　名：________________ 性　別：________ 生　日：________________

e-mail：____

地　址：□□□ ______ 縣／市 ______ 鄉／鎮／市／區 ______ 路／街

______ 段 ______ 巷 ______ 弄 ______ 號 ______ 樓／室

電　話：____

我要收到貓戰士最新消息　□要　□不要

我要成為晨星出版官網會員　□要　□不要

貓戰士鐵製鉛筆盒抽獎活動

請將書條摺口的蘋果文庫點數與貓戰士點數黏貼於此，集滿2個貓爪與1顆蘋果(點數在蘋果文庫書籍)後寄回，就有機會獲得晨星出版獨家設計「貓戰士鐵製鉛筆盒」1個!

點數黏貼處

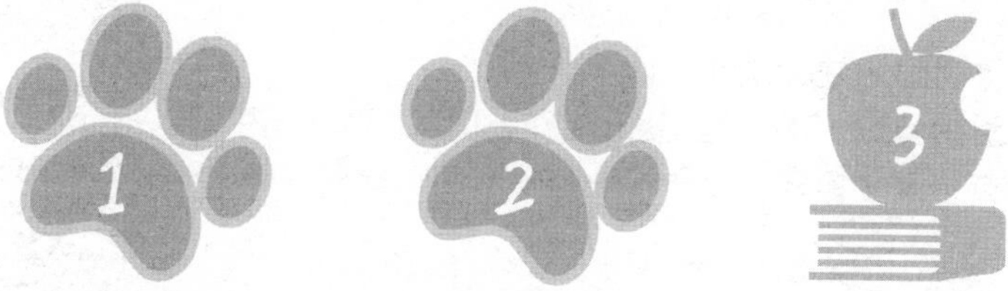

若有問題，歡迎至官方Line詢問

請填妥後對折裝訂，再貼妥郵票寄出

請黏貼
8 元郵票

407

台中市工業區30路1號

晨星出版有限公司

TEL：（04）23595820　FAX：（04）23550581
e-mail：service@morningstar.com.tw
http://www.morningstar.com.tw

請沿虛線摺下裝訂，謝謝！

加入貓戰士俱樂部

【貓戰士會員優惠】

憑卡號在晨星出版社購書可享優惠、擁有限定商品、還能獲得最新消息等會員福利。

【三方法擇一，加入貓戰士會員】

1. 填妥本張回函，並寄回此回函。
2. 拍照本回函資料，加入官方Line@，再以Line傳送。
3. 掃描後方「線上填寫」QR Code，立即填寫會員資料。

Line ID：
api6044d

「線上填寫」
QR Code

★寄回回函後，因郵寄與處理時間，需2～3週。